끝장난 줄 알았는데
인생은 계속됐다

끝장난 줄 알았는데
인생은 계속됐다

암을 지나며 배운 삶과 사랑의 방식

양선아 지음

한겨레출판

삶의 길목에 선 당신에게

▶

활짝 열려 있던 문이 철거덕 하고 닫혔다. 깜깜한 어둠 속에 나는 내던져졌다. '도대체 왜 내게?'라는 생각이 떠나지 않았다. 억울한 마음이 가장 컸다. 2019년 12월, 나는 암 진단을 받았다.

SNS의 자기소개란에 열정과 긍정이 삶의 모토라고 적곤 했다. '에너자이저'라는 별명을 얻을 만큼 일과 육아에 최선을 다했고 삶을 긍정하며 살아왔다. 그런데 암이라는 질병 앞에선 나 역시 한없이 약해지고 부정적인 생각에 사로잡혀 어쩔 줄 몰라 했다. '잘 치료되지 않으면 어떡하지?', '전이되면 어떡하지?', '죽게 되면 어쩌지?'라는 걱정이 내 목덜미를 붙잡고 놔주지 않았다.

40대 중반에 접어든 내가 그동안 고통이나 위기를 겪지 않은 것도 아니다. 안온하지 않았던 가정환경, 경제적 어려움, 사랑했던 연인이나 친구와의 이별, 허리 디스크와 같은 질병의 고통, 열정을 쏟았던 일의 중단 등 다양한 고통과 위기를 겪었다. 그럴 때마다 죽을 만큼 힘들었지만 죽지는 않았다. "이 또한 지나가리라"라는 경구처럼, 어둠의 터널을 지나면 삶의 길목 어딘가에서 기쁨과 행복, 기회의 빛이 나를 비춰주었다. 그래서 대체로 나는 삶이 재밌고 흥미로웠다. 내가 아직도 발견하지 못한 진주가 내 삶 속에 더 있을 것이라는 기대도 있었다. 그러던 찰나 암이 나를 찾아왔다.

처음엔 암이 사형선고처럼 들렸다. 암이 내 삶의 즐거움과 앎의 기쁨을 빼앗고 나는 어둠 속에 갇혀 영영 무채색 같은 삶을 이어갈 줄 알았다. 그러나 그런 내 생각은 완벽하게 틀렸다. 암 진단 이후에도 또 다른 기쁨과 행복과 기회의 빛이 나를 비춰주었다. 여전히 삶은 무지갯빛으로 빛났다. 암 진단을 받으면 인생이 끝장나는 줄 알았는데,

인생은 계속됐다. 암 투병으로 이어지는 삶도 내 인생이었고, 이 시간 또한 내 삶의 일부라는 인식이 생기니 절망과 불안의 구렁텅이에서 헤어날 수 있었다.

살고 싶다는 강한 의지를 갖고 어둠에서 나와보니, 햇살은 눈부시게 아름다웠고 내 뺨을 스치는 바람은 솜사탕처럼 달콤했다. 강물 위의 반짝이는 윤슬을 보면서 자연의 아름다움에 취해 멍하니 강을 바라보는 시간도 늘었다. 암 진단 이전엔 지나치게 자아가 비대해 내가 세운 목표대로 삶을 만들어야 만족했다면, 암 진단 이후 나는 이 광활한 우주의 일부분이고 인생은 내 뜻대로만 되지 않는다는 것을 받아들일 수 있게 됐다. 마음이 훨씬 넓고 깊어진 느낌이라고나 할까.

항암-수술-방사선치료라는 3대 표준치료를 마친 나는 암을 진단받기 전보다 즐겁고 행복한 감정을 더 자주 느낀다. 먹고 싸고 자는 그 평범한 일상이 얼마나 기적과 같은 것인지 알아버렸기에, 맛있게 먹고 화장실에 잘 가고 한밤중에 여러 번 깨지 않고 잠을 잘 수 있는 상태가 유지만 되어도 저절로 감사한 마음을 느낀다.

몸과 마음이 작동하는 원리에 대해 알아가는 기쁨도 크

다. 이토록 복잡하고 정교하며 신비로운 사람의 몸과 마음에 필요한 것은 무엇인지, 또 그동안 내게 부족한 것은 무엇이었는지 알아가는 과정은 소중하다. 나의 내면을 탐색하고 관계를 돌아보며 삶을 어떻게 살아야 할 것인가에 대한 고민도 더 깊어졌다. 그렇게 암은 내게 곰국처럼 진한 삶의 즐거움과 앎의 기쁨을 선물해주고 있다.

지금 이 순간에도 암을 진단받고 처음의 내 모습처럼 두려움과 불안 속에서 벌벌 떠는 사람들이 있을 것이다. 벼랑 끝에 몰린 것 같은 그 기분을 누구보다 잘 알기에 나는 그들에게 이렇게 말하고 가만히 그들을 안아주고 싶다.

"괜찮아요. 괜찮아요. 알아요."

그러고 나서 조용히 내 이야기를 들려주고 싶다. 암 진단부터 지금까지 지내온 나의 이야기를. 이 책은 〈한겨레〉 토요판에 연재했던 '양선아의 암&앎' 시리즈, 밤새 얘기해도 모자랄 그 이야기를 한데 모아 조금 더 다듬거나 치료 순서대로 재배열해 엮었다.

암을 진단받고 마음의 갈피를 잡지 못하는 당신이 이 이야기를 읽고 '아, 나만 이렇게 힘든 것은 아니구나', '암에 걸렸다고 모든 게 끝장나는 것은 아니구나', '암을 극복하고 제2의 인생을 살고 싶다'는 생각을 갖게 된다면 좋겠다. 인생의 돌부리에 걸려 넘어진 당신이 다시 일어서 한 걸음, 아니 반걸음이라도 내디딜 힘을 가질 수 있다면 고맙겠다. 마음이 힘든 당신이 잠깐이라도 기대어 쉴 수 있기를 소망한다. 나를 포함한 이 세상의 모든 암 환우와, 암 환우를 돌보고 치료하는 사람들을 뜨거운 마음으로 응원한다. 암 환우들이 암을 잘 극복하고 더 행복하고 충만한 삶을 이어갈 수 있기를 기도한다.

2022년 4월
양선아

1부

믿 음 과
두 려 움 사 이

---- ▶ ----

암이라니

"안타깝게도 암입니다."

정확히 기억한다. 2019년 12월 12일이라는 날짜를. 그날 진료실에서 나는 '암' 진단을 받았다. 병원에 동행한 친정어머니는 얘기를 듣자마자 휘청거렸고 남편은 도저히 믿기지 않는다는 표정이었다. 의사는 "유방암이고 암 크기는 약 2.5센티미터이며 전이는 안 된 것으로 보이니 빨리 수술 날짜를 잡아야 합니다"라고 덧붙였다.

'내 인생에 지금 무슨 일이 일어나고 있는 거지?'

암과 나를 한 번도 연결해 생각해본 적 없었다. 2017년 기준, 기대수명(83세)까지 살 경우 우리나라 국민이 암에 걸릴 확률은 35.5퍼센트다. 국민 3명 중 1명이 암에 걸린다고 하지만, 가족이나 가까운 지인 중에 암 환자는 거의 없었다. 그때만 해도 암은 나와는 동떨어진, 아주 먼 세상일 일 뿐이었다. 나와는 전혀 상관없다고 생각했던 것을 맞닥뜨린 사람의 그 황망하고 어이없고 이해 불가였던 심정을 어떤 언어로 설명할 수 있을까.

"왼쪽 가슴에 혹이 만져져요. 2센티미터 정도 되네요. 가슴 마사지해보면 혹 잡히는 분들 많아요. 요즘은 기술이 워낙 좋아져서 수술 간단하니까 너무 걱정하지 마시고 병원 빨리 가보세요."

일은 많고 좀처럼 쉴 틈이 없는 나날이었다. 곰 세 마리, 아니 열 마리가 내 어깨에 앉아 시위하고 있는 것 같아 하루 월차를 내고 집 근처 마사지숍을 찾았다. 어깨 근육을 풀려면 뭉친 가슴 근육도 함께 풀어야 한다며 가슴을 구석구석 마사지해주던 마사지사는 대뜸 혹이 만져진다고 했다. 자신 역시 수년 전 유방에 있던 종양을 떼고 놀란 가슴을 쓸어내렸노라고, 목욕탕 세신사나 피부관리 마사지사가 유방 쪽 종양을 자주 발견한다는 말도 덧붙였다.

2019년은 그 어느 해보다도 내게 역동적인 한 해였다. 교육 분야를 취재하다 사회정책팀 데스크로 발령이 났고, 또 몇 달 안 돼 사회정책팀 팀장이 됐다. 사립유치원, 자율형사립고, 대입정책 등 교육 관련 굵직굵직한 이슈가 많아 전투적으로 일했다. 그러다 교육, 복지, 노동, 젠더 분야를 포괄하는 사회정책팀 팀장이 되니 눈코 뜰 새 없이 바쁜 날들이 이어졌다. 오전 9시에 출근해 밤 10시 넘어서까지 일하는 게 다반사였고, 집에 오면 '떡실신'해 잠만 자고 다시 회사로 출근했다. 월차도 쓰지 못하는 날이 많아 연말에 몰아 쉬겠다며 마른 수건을 쥐어짜듯 일하다 쉬는 첫날 집 근처 유방외과에 갔다.

30대 후반부터 건강검진을 할 때 유방 엑스선x-ray 촬영은 물론 꼬박꼬박 초음파검사까지 했다. 2018년 말에 받았던 검진에서도 이상 소견이 없었기에 별일 없으리라 생각했다. 유방 엑스선 촬영과 초음파검사를 한 뒤 진료실에 들어갔다. 의사 표정이 어두웠다. 의사는 걱정스러운 눈빛으로 말문을 열었다.

"혼자 오셨어요?"

"네…. 결과는 어떤가요?"

"왼쪽 가슴에 혹이 있는데 모양이 안 좋아요. 암일 수 있어요. 양성 종양이면 표면이 둥글둥글하고 매끄러워요. 그런데 환자분의 종양 주변은 울퉁불퉁하지요? 조직검사를 진행하면 3일 뒤 정확한 결과가 나옵니다. 확률은 반반이에요. 일단 조직검사를 진행하고 결과를 보죠."

'암이라고? 암? 설마~ 아닐 거야. 내 건강이 얼마나 좋은데….'

암이라는 단어를 듣는 순간 숨이 멎는 듯했다. 머리가 띵했다. 누군가 뒤통수를 호되게 내려친 것만 같았다. 쿵쾅거리는 가슴을 부여안고 조직검사를 진행했다. 의사는 영상을 보면서 가슴 멍울이 있는 자리에 굵은 바늘을 총처럼 발사했다. 조직검사라는 게 그렇게 금방 끝날 줄이야. 암에 대해 몰랐을 땐, 조직검사라는 말만 들어도 큰 수술처럼 느껴졌는데 검사는 의외로 간단했다. 안도의 한숨이 나왔다.

한쪽 가슴이 뻐근했다. 항생제를 처방받고 집으로 가는 마을버스에 오르자 나도 모르게 눈물이 나왔다. 슬픈 드라마의 여주인공이라도 된 듯, 한없는 서러움이 가슴 깊은 곳에서 올라왔다.

'난 열심히 산 죄밖에 없는데… 에이, 아닐 거야. 하늘이 나한테 그럴 리 없어. 나한테 그러면 안 되지. 두 아이 키우랴 일하랴 고생고생하다 이제 조금 살 만하니까 암이라고? 운동도 나름 열심히 했고, 나쁜 음식을 많이 먹은 것도 아니잖아. 아닐 거야. 의사가 확률은 반반이라고 했으니 아닐 거야.'

'그럴 리가 없다'는 믿음과 '그럴 수도 있다'는 두려움이 엎치락뒤치락하며 하루에도 몇 번씩 내 마음을 헤집어놨다. 날마다 마음은 쑥대밭이 됐다. 3일이란 시간은 더디게만 흘러갔고 식은땀을 뻘뻘 흘리는 불면의 밤은 계속됐다. 가족들에겐 애써 태연한 척했지만 불안은 똬리를 틀고 기어코 내 마음을 집어삼켰다. 특히 두 아이를 볼 때마다 '우리 애들은 어떡하지?' 하는 생각에 눈물이 났다.

암 진단을 받은 날, 의사는 다급한 목소리로 수술 날짜를 빨리 잡는 것이 좋겠다며 어느 병원으로 갈지 결정하라고 했다. 아무 준비도 못한 나는 어리둥절하기만 했다. 부랴부랴 같은 팀에서 일하는 김양중 의학전문기자에게 전화해 조언을 구했다. 김 기자가 추천해준 병원에 진료 예약을 잡기로 하고 집으로 돌아왔다.

집에 돌아왔지만 도저히 가만히 있을 수 없었다. 어떤 경험을 할 때마다 책을 통해 관련 정보를 먼저 섭렵하는 습관이 있던 나는 서점으로 달려갔다. 아파트 정문을 통과하는데 무릎이 탁 꺾이면서 넘어졌다. 넋이 나간 상태였나 보다. 자리에서 벌떡 일어나 '정신 차려, 양선아! 침착해, 양선아!'라는 말을 수백 번 되뇌었다. 집과 가까운 대형 서점에 도착해 '유방암'을 검색어로 넣어 책을 찾고 암 관련 코너도 한참 둘러봤다. 서울아산병원 유방암센터에서 펴낸 《유방암 환자를 위한 치료 안내서》(울산의대 서울아산병원 내과, 2019)를 비롯해 유방암 관련 책 4권과 생존율 5퍼센트라는 간암 말기 진단을 받고도 기적적으로 암을 이겨낸 전 서울대병원장 한만청 박사가 쓴 《암과 싸우지 말고 친구가 돼라》(시그니처, 2017)가 눈에 들어왔다.

지금 생각해도 그날 내가 서점으로 달려간 건 신의 한 수였다. 암 선고를 받고 그 자리에 주저앉아 울고만 있었다면, 그 끔찍한 날에 가만히 앉아 신을 저주하고만 있었다면, 아마도 나는 그 자리에서 꼼짝도 못했을 것이다. 두려움과 불안에 먼저 질식돼 병이 더 악화됐을지도 모른다.

왜 벌써 절망하는가? 암에 걸렸다고 다 죽지 않는다. 그 어떤 순간에도 절대 포기하지 마라!

위의 문장은 《암과 싸우지 말고 친구가 돼라》의 책 뒤표지에 적힌 문구다. 그 밑엔 "암, 여기에 답이 있다"는 말과 함께 "①먼저 암 박사가 되자 ②수치는 숫자일 뿐이다. 수치에 일희일비하지 말자 ③거리를 두고 차분히 사귀자 ④암은 언젠가는 돌려보낼 수 있는 친구라고 여기자 ⑤어설픈 대체의학을 믿지 말자 ⑥항암 식품에 현혹되지 말자" 등이 쓰여 있었다.

프롤로그와 책 목차, 뒤표지만 읽어도 뿌연 안개가 가득한 내 삶의 터널에 한 줄기 희망의 빛이 보이는 것만 같았다. 한 박사는 항암치료 기술이 덜 발달했던 1998년, 간에서 발견된 암 덩이를 잘라낸 뒤 불과 두 달 만에 암이 폐로 전이돼 생존율 5퍼센트 미만이라는 이야기를 들었다. 그러나 그는 그 어떤 순간에도 절망하지 않았고 항암치료를 받은 뒤 자신만의 원칙을 정해 일상을 지켜나갔다. 그 결과, 그는 2017년 84세의 나이에 자신의 책 개정판 서문을 썼고, 2019년 암 진단을 받은 나는 그를 책으로 만날 수 있었다.

암 진단을 받으니 잠시 시한부 환자가 된 것 같은 착각을 했다. 그런데 선배 암 환우이자 전문가인 의사가 들려주는 암 극복법을 살펴보니 나 역시 암을 잘 극복할 수 있으리라는 희망이 조금씩 생겨났다. 그제야 유방암은 다른 암에 비해 치료 방법도 많고 치료 효과가 뛰어나며 암 5년 생존율(암 환자가 치료를 시작한 지 5년 이내에 그 암으로 사망하지 않을 확률)도 90퍼센트가 넘는다는 정보들이 눈에 들어왔다. 일단 유방암에 대해 공부나 해보자는 생각이 들었고, 한 박사가 권한 대로 '암 박사가 되겠다'는 목표가 생겼다.

책을 고른 뒤 부국장에게 전화를 걸었다. 회사에 빨리 이 소식을 알려야 대체 팀장도 구할 수 있으리라는 생각에서였다.

"선배, 제가 오늘 병원에 다녀왔는데요…. 검사 결과가 안 좋아요. 제가 암이래요. 유방암."

"뭐라고?"

"오늘 조직검사 결과 들었고, 수술할 병원 정했어요. 수술 날짜는 아직 안 잡혔고요. 아무래도 제가 빨리 복귀하지 못할 것 같아 우선 선배께 연락드렸어요."

놀란 선배는 제대로 말을 잇지 못했다. 통화하다 보니 가슴 한구석에 잠잠하게 고여 있던 눈물이 큰 파도가 되어 밀려오는 것만 같았다. 참고 또 참았지만, 결국 눈물이 터지고 말았다.

"흐흑흑흑…. 선배 죄송해요. 이런 일로 걱정시켜 드리고…. 죄송해요. 정말 죄송해요."

"아니야 선아야, 진정해…. 너무 걱정 마. 지금은 너만 생각해. 회사 걱정하지 말고. 일단 치료에 집중하자. 수술 날짜 잡히면 다시 연락 줘."

집에 돌아와 유방암 관련 책을 보니 가슴이 절제된 사진들이 수록돼 있었다. 외면하고 싶었고, 사진을 보니 무섭게만 느껴졌다. 잠시 느꼈던 희망은 어디론가 자취를 감춰버렸다. 책에서는 유방암 발생의 위험 인자로 ①성과 나이 ②가족력과 유전인자 ③여성호르몬의 과다한 자극 ④유방치밀도(유방 내 유선 조직의 밀도) ⑤동물성 지방과 비만, 과다한 음주 등 생활환경 요인을 꼽았다.

우리나라 유방암 환자는 40대 여성이 가장 많다는데 공교롭게 나는 40대였다. 가족력은 없었고, 두 번의 출산과 함께 두 아이 모두 1년 넘게 모유 수유를 했다. 여성호르몬의 과다한 자극에 해당한다고 볼 수 없었다. 유방치밀도는 높은 편이었고, 잦은 동물성 지방 섭취나 과로, 비만은 해당되는 듯했다. 그러나 치밀유방이면서 나보다 동물성 지방을 더 섭취하는 사람이 주변에 많지만 그들이 모두 암에 걸리진 않는다. 더구나 한 개의 유방암 세포가 자라서 손으로 느껴지려면 적어도 1센티미터는 되어야 하고, 이론적으로 평균 4~7년의 기간이 걸린다고 했다. 내 암의 크기는 2.5센티미터라고 했으니 상당한 시간 동안 암이 자라왔다는 이야기인데, 왜 이전 건강검진에서 아무런 낌새도 알아채지 못했는지 화가 나기도 했다. 그러나 왜 내가 암에 걸렸는지, 왜 이제야 암이 발견됐는지 설명해주는 사람은 아무도 없었다.

2019년의 마지막 달, 그렇게 나는 청천벽력 같은 암 진단을 받았고 울고 또 울었다.

검사 결과를 받는 일은

한없는 기다림의 연속

2019년 12월 12일 유방암 진단을 받은 나는 1차 병원에서 예약해준 서울의 한 대학병원 유방외과를 찾았다. 그동안 대학병원 진료를 한 번도 받아본 적 없는 나는 대학병원 진료 절차에 무지했다. 첫 진료를 보면 바로 수술 날짜가 잡히고, 내 몸에서 당장 떼어버리고 싶었던 암 덩이를 싹둑 잘라낼 수 있을 줄 알았다. 그런데 웬걸. 대학병원 진료는 기다리고 또 기다리는 한없는 기다림의 연속이었다. 유방외과 의사는 정확한 진단과 치료 계획 수립을 위해 검사를 진행해야 한다고 했다. 병원을 옮기니 진료는 원점에서 다시 시작됐다. '혹시 암이 더 커지면 어떡하지? 혹시 암이 다른 곳으로 전이되면 어떡하지?' 피가 말랐다.

의사는 피검사, 소변검사, 흉부 엑스선 촬영은 물론이고, 유방 초음파검사와 유방 촬영술mammography, 흉부 CT(컴퓨터단층촬영)와 뼈 스캔, MRI(자기공명영상촬영)검사를 한 뒤 열흘 후에 다시 보자고 했다. 1차 병원에서 가져온 암 조직 슬라이드를 다시 분석하는 작업도 한다고 했다. 이름만 들어도 무시무시하게 느껴지는 검사들을 그렇게 많이 해야 한다고 하니 다리가 후들거렸는데, 그마저도 예약이 쉽지 않았다. 검사 예약을 해주는 간호사는 "MRI와 뼈 스캔은 대기자가 너무 많아 지금 예약을 해드릴 수 없네요. 빈자리가 생기면 연락드립니다. 전화 안 받으셔도 다시 전화 안 드리니 꼭 받아주세요."라고 말했다.

'하… 이걸 어쩌나…' 깊은 한숨이 나왔다. 전화를 기다리면서 입은 바짝바짝 타들어갔다. 휴대전화를 손에 꼭 쥐고 바라보고만 있었다. 일체유심조一切唯心造(모든 것은 마음먹기에 달려 있다)라고 했던가. 암 진단 전에는 같은 몸으로 멀쩡하게 잘만 지냈으면서, 암 진단을 받은 뒤로는 공포심이 내 목을 꽉 조였다. 금방이라도 암이 커져서 나를 삼켜

버릴 것 같은 걱정, 암이 다른 곳으로 번져 죽을지도 모른다는 두려움이 나를 꽁꽁 에워쌌다. 의사는 암이 그렇게 빨리 전이되지 않으니 걱정하지 말고 검사한 뒤 보자고 했지만 그런 말들은 두려움으로 막힌 귀에 들리지 않았다. 식은땀을 뻘뻘 흘리며 잠을 설쳤고, 암 덩이가 있다는 왼쪽 부위를 제대로 움직일 수 없었다. 조금이라도 내가 이 부위를 움직이면 그 암이 온몸으로 퍼질 것 같은 착각이 들었기 때문이다.

한없이 주어진 시간은 '절대 고독'의 시간이었다. 세상은 나와 상관없이 돌아갔고, 나는 그 누구와도 소통할 수 없는 외딴섬에 갇힌 기분이었다. 가족들이 내게 다정한 말을 건네고 웃음을 보여도 반응이 제대로 나오지 않았다. 마음의 갈피를 잡지 못한 날이면, 바깥에 나가 하염없이 걷고 또 걸었다. 걷다가 무심코 고개를 들어 하늘을 보면 투명하게 빛나는 햇살과 뭉게구름은 왜 그렇게 슬프도록 아름다운지. 벤치에 앉아 멍하니 하늘을 바라보다 잔잔하게 흐르는 안양천 위의 반짝이는 윤슬을 보며 한없이 상념에 젖었다.

유방암 3기 진단을 받고 항암-수술-방사선이라는 3대

표준치료를 다 마친 지금, 누군가 가장 힘든 시간이 언제였느냐고 물어본다면, 나는 모든 것이 불투명했던, 치료 방향이 잡히기 전인 그 시기라고 대답할 것이다. 검사하고 검사 결과를 기다리면서 내 마음에서는 지나온 내 삶을 부정하고 끊임없이 나를 자책하는 목소리가 들렸다. 내가 너무 오지랖이 넓었나? 내가 너무 하고 싶은 것이 많고 욕심을 부린 걸까? 그놈의 '열심병' 때문에 이 사달이 난 것일까? 그동안 고기를 너무 많이 먹었던 걸까? 잠을 너무 줄였나? 아니면 남편과 싸우고 그날 그렇게 펑펑 울어서 병이 왔나? 오랫동안 운영하던 베이비트리(《한겨레》 임신·출산·육아 웹진)를 그만두면서 스트레스를 많이 받았나?

질문들이 꼬리에 꼬리를 물고 이어졌다. 하루에도 몇 번이고 나는 내 인생의 테이프를 되돌려 감았다. 아이를 낳고는 잘 먹지 않았는데도 어린 시절에 콜라나 참치 통조림, 라면과 같은 음식을 먹었던 걸 후회하는가 하면, 굳이 공기도 좋지 않은 서울로 대학 진학을 한 내 선택을 후회하기도 했다. 그렇게 나는 과거의 망령에 붙들려 헤어나지 못했다.

정신의학자 엘리자베스 퀴블러 로스에 따르면, 죽음 또

는 죽을 만큼 힘든 상황이 닥쳤을 때 사람들이 이를 마음으로 받아들이는 과정에는 5단계가 있다고 한다. '죽음의 5단계' 혹은 '슬픔의 5단계'라 불리는 이 과정은 '부정-분노-협상-우울-수용'이다. 그 시기 나는 수용을 제외한 모든 단계를 수시로 오갔던 것 같다. 가장 힘든 시간이었다.

크리스마스 직후인 27일, 각종 검사 결과를 듣는 날이었다. "제발 전이가 없게 해주세요." 간절하게 기도하고 진료실에 들어갔다. 의사는 "다행히도 뼈나 장기 전이는 보이지 않아요. 암 크기는 2.7센티미터 정도 되는데, 공격적인 암은 아니고 여성호르몬 수용체가 있는 호르몬 양성 암입니다"라고 설명했다. 쉽게 말해 내 유방암은 여성호르몬을 먹고 자라는 암이며, 여성호르몬을 차단하면 예후가 좋은 암에 속했다.

우리 몸의 세포 표면이나 핵에는 다른 세포와 신호를 주고받을 수 있도록 하는 '수용체'가 있다. 이들 수용체 사이의 신호를 매개로 세포들이 분화하고 사멸한다. 암이란 갑자기 세포 사이에 신호가 과다하게 발생하거나 같은 신호를 보내도 수용체가 과민하게 반응해 세포가 비정상적으로 무한히 증식하며 생기게 된다. 한마디로 돌연변이 세포인 것이다.

유방암에서는 주로 에스트로겐 수용체, 프로게스테론 수용체, 허투HER2 수용체가 발견된다. 여성호르몬인 에스트로겐·프로게스테론 수용체가 과발현된 그룹은 호르몬 수용체 양성 그룹으로, 만약 이 세 가지 수용체가 모두 없다면 삼중 음성 그룹으로 분류한다. 암이 어떤 수용체를 갖고 있느냐에 따라 치료 방향은 달라지며, 내 암이 어떤 성질인지는 조직검사 결과지를 통해 확인할 수 있다. 조직검사지를 보니, 내 암은 에스트로겐 수용체 90퍼센트, 프로게스테론 수용체 80퍼센트였다.

공격적인 암이 아니라는 말에 친정어머니와 나, 남편 모두 안도의 한숨을 쉬었다. "고맙습니다"라는 말이 절로 나왔다. 그러나 기쁨도 잠시, 의사가 머뭇거리며 말을 이어갔다.

"그런데 암 위치가 좋지 않아요. 보통 이런 경우 전절제(유방 한쪽 전체를 자르는 수술)를 권하는데, 선先항암 또는 선호르몬 치료를 통해 암의 크기를 줄여 부분절제를 시도해 보는 게 좋겠습니다. 그리고 검사 결과를 보니 겨드랑이 림프절 한 곳이 약간 부어 있어요. 전이된 것인지 아니면 그냥 부은 것인지 검사해보죠."

'하…. 이건 또 무슨 일이지?'

예측하지 못했던 일은 계속 터졌다. 다시 가는 칼날을 겨드랑이 쪽에 총처럼 쏘아 조직을 떼는 총조직검사를 했다. 다음 진료는 열흘 뒤에나 잡혔다. 환자는 하루하루가 지옥이었지만, 대학병원 진료는 거북이걸음처럼 느릿느릿 진행됐다. 열흘이 지난 1월 7일, 겨드랑이 림프절 조직 검사 결과를 듣는 날이 왔다. 쿵쾅쿵쾅. 진료실 앞에서 기다리는데 내 심장 박동 소리가 크게 들렸다. "양선아 님, 들어오세요."

떨리는 가슴을 안고 의자에 앉았는데, 주치의가 컴퓨터 모니터를 빤히 쳐다보고 있다. 표정이 좋지 않았다. 잠시 멈칫한다. "조직검사 결과에서 겨드랑이 전이가 있는 것으로 나왔어요." "아…. 정말…. 어떡해…" 친정어머니가 탄식했다.

"1차 병원에서 림프절 전이가 없는 것으로 보인다고 했는데요. 그렇게 빨리 전이가 되나요?"

"초음파로는 발견 못 했을 수도 있지요. 흔히 전이가 됩니다. 전이가 됐다고 달라질 것은 없어요. 다음 주 맘마프린트 결과를 보고 최종적으로 결정하시면 됩니다. 맘마프린트 결과에서 낮은 위험도가 나오면 호르몬 치료를 먼저하고, 위험도가 높게 나오면 항암치료를 먼저 합니다."

병원에서는 호르몬 수용체 양성, 허투 음성 그룹인 환자들을 대상으로 임상시험에 참여하면 암 재발 예측검사인 맘마프린트Mamma print를 무료로 해준다고 했다. 다양한 유전자를 분석해 재발 예측검사를 하는 맘마프린트 검사는 건강보험이 적용되지 않아 비용이 400만 원가량이었다. 항암을 피하면 좋겠다는 마음으로 임상시험에 참여하기로 했다. 림프절 전이를 확인한 뒤에도 맘마프린트 결과가 나오기까지 또 일주일의 시간을 기다려야 했다.

"인생은 초콜릿 박스와 같아. 무엇을 고르게 될지 알 수 없거든."

영화 〈포레스트 검프〉에 나온 명대사다. 가슴은 타들어갔지만, 내 삶이라는 상자 속에는 쓰디쓰고 맛없는 초콜릿 말고도 달콤한 초콜릿도 들어 있었다. 어느 날, 한 후배가 집 근처로 찾아왔다. 아버지를 대장암으로 잃은 그는 10년 전 자신 또한 갑상선암에 걸려 치료를 받았다. 후배는 자신에게 큰 도움이 된 책이라며 의료사회학자인 아서 프랭크의 《아픈 몸을 살다》(봄날의책, 2017)라는 책과 몸을 따뜻하게 만들어주는 계피 생강차를 내게 건넸다.

"우리 조직이 차별이 없는 곳이라지만 학연, 지연, 공채 기수 등에 따라 인연이 얽히고 그러잖아요. 그런 관계 속에서 아무런 편견 없이 제 고민을 들어주고 그랬던 사람이 선배예요. 선배는 그렇게 따뜻한 사람이에요. 자꾸 선배에게서 암의 원인을 찾지 말아요. 그냥 운이 좀 안 좋았던 것이고, 선배는 선배답게 잘 이겨낼 거예요."

진심이 담긴 후배의 위로와 공감에 나는 뜨거운 눈물을 흘렸다. 암에 걸렸다는 이유로, 그동안의 내 삶을 부정하고 나 자신을 원망하고 있었는데, 후배가 들려준 말은 내 자존감을 회복시켜줬다. 집에 돌아와 책을 읽으며 '암=고통', '암=상실'이라고 인식했던 내 관점이 대폭 전환됐다. 39세에 심장마비, 40세에 암이라는 질병을 두 번 겪은 아서 프랭크는 그의 저서에서 질병을 "위험한 기회"라고 정의했다. 그러면서 그는 아프기 전의 자신에게 "두려울 수밖에 없겠지만, 두려움에 차서 인생을 보낸다면 바보 같은 일일 거라고, 미래의 너는 고통받고 많은 것을 잃게 되겠지만 고통과 상실은 삶과 대립하는 것이 아니라고 말해주고 싶다"고 했다. 그러면서 그는 서문을 이렇게 끝낸다.

많은 것을 잃겠지만 그만큼 기회가 올 겁니다. 관계들은 더 가까워지고, 삶은 더 가슴 저미도록 깊어지고, 가치는 더 명료해질 거예요. 당신에게는 이제 자신의 일부가 아니게 된 것들을 애도할 자격이 있지만, 슬퍼만 하다가 당신이 앞으로 무엇이 될 수 있는지 느끼는 감각이 흐려져선 안 돼요. 당신은 위험한 기회에 올라탄 겁니다. 운명을 저주하지 말길. 다만 당신 앞에서 열리는 가능성을 보길 바랍니다.

그날 나는 비로소 유방암을 내 삶의 일부로 받아들였다. 이 질병이 부정하고 원망하고 극복해야 할 대상이 아니라, 이 또한 내 삶이고 내 삶의 일부라는 것을 수용하기로 했다. 그제야 암을 진단받기 전 내가 살아온 40여 년의 삶이 너무 소중하게 느껴졌다. 나는 치열했고 열정적이었고 내 삶을 사랑했다. 그런 내 삶의 궤적 위에 유방암이라는 '위험한 기회'가 보태졌고, 또다시 이 삶의 과정을 내가 어떻게 통과하느냐가 중요하다는 생각이 들었다. 삶은 현재진행형이라는 것을 잊지 않겠다고 다짐했고, 내 작은 불행을 현미경으로 확대해 들여다보기보다 내 삶 곳곳에 숨어 있는 행복의 파랑새를 부지런히 찾겠다고도 결심했다.

전해준 용기로

"선배! 회사에서 10년 전에 묻은 타임캡슐 오늘 뜯었는데 거기서 선배가 쓴 편지가 나왔어요. 내일 갖다줄게요."

2020년 1월 2일, 새해가 오든지 말든지 각종 검사 결과만 목이 빠지게 기다리고 있는데 후배 제니(별칭)가 메시지를 보내왔다. "세상에! 정말 신기하다. 10년 전 나는 내게 뭐라고 썼을까?"

10년 전에 그런 일이 있었다는 사실조차 까마득하게 잊고 살았다. 서른세 살의 내가 마흔세 살의 내게 편지를 썼고, 하필 이 시점에 그 타임캡슐이 개봉됐다는 사실이 드라마틱하게 느껴졌다. 두근거리는 마음으로 편지를 기다렸고, 노란 봉투에 "2020년 미래의 양선아 님께 보냅니다"라는 라벨이 붙은 편지를 건네받았다. 봉투 안에는 노란색 편지지에 내 손으로 직접 쓴 편지와 "2020년 지난 10년 동안 양선아가 달성한 것들은?"이라는 제목으로 당시 내가 10년 동안 이루고 싶은 '버킷리스트 15가지'가 적혀 있었다.

"마흔세 살의 양선아 씨~ 그동안 잘 지냈나요? 와우, 벌써 40대 양선아가 됐다니 정말 세월 한번 빠르군요. 지난 10년 동안 당신은 어떻게 변해 있을까요? 정말 궁금해요"라고 시작하는 편지에는 "마흔세 살의 양선아는 여전히 소녀 같은 마음을 지니고 인생을 즐기며 긍정하며 행복하게 살길 바라요"라는 바람이 담겨 있었다. "2009년 현재 선아넌 너무나 자상하고 가정적인 남편, 그리고 사랑스러운 딸과 뱃속에 새 생명 '민'을 지닌 너무 행복한 여자예요. 건강팀에서 김미영 선배와 즐겁게 일하고 있고…"라며 10년 전 나의 상황을 떠올리게 하였다. 그러면서 "10년 뒤엔 기사를 쓸 때 자신감 넘치고 날카롭고 재밌고 심층적인 기사를 쓰길 바라요. 그때는 회사에서 중역을 맡고 있을지도 모르죠. 10년 후엔 좀 더 시야가 넓어지고 마음의 폭도 넓어지고 깊어지길 바랍니다. 그리고 두 아이를 훌륭하게 키워서 두 아이와 잘 소통하는 그런 엄마가 되길 빌게요"라고 썼다. 또 "선아! 넌 항상 웃으면서 어떤 어려움이 있더라도 현실을 잘 이겨내는 그런 모습이 장점이야. 그리고 누군가에게 편안함을 주는 것도. 10년 후에도 그런 장점을 그대로 지니고 있길 빌게. 양선아, 10년! 열심히 잘 살았어! 멋져"라며 글을 맺고 있었다. 편지를 읽는데 눈물이 저절로 나왔다. 10년 전의 내가 10년 후의 나에게 준 조언이 얼마나 큰 힘이 됐는지 모른다. "어떤 어려움이 있더라도 현실을 잘 이겨내는 것이 장점"이라는 대목을 읽을 땐 신이 이 편지를 빌려 내게 말하는 것 같았다. 지금은 매우 고통스럽지만, 너라면 이 고통을 충분히 감당할 수 있고 또 너는 이 고통을 통해 성장할 것이라고 말이다.

버킷리스트에는 이런 것들이 있었다. 책 1년에 50권씩 10년 동안 500권 읽기, 특종 또는 심층 기획기사, 스스로 자랑스러워할 만한 기사 5개 이상 만들기, 엄마와의 여행 및 엄마 편안하게 해드리기, 남편과 사랑하고 이해하며 즐거운 추억 만들기, 두 아이 진심으로 사랑하고 두 아이와 잘 소통하기, 사랑하는 친구들과 동생들, 선후배들과 추억 많이 쌓고 좋은 관계 맺기, 내 이름으로 책 쓰기, 우리 집 하나 장만하고 예쁘게 꾸미기…. 해외여행 많이 다니기나 해외연수 같은 목표를 제외하고는 대부분 이룬 것으로 보였다. 지난 10년 동안 나는 내가 바라는 삶을 살기 위해 열심히 뛰었고 상당한 성취를 이뤘다. 당시엔 너무나 건강했기에 '건강'이나 '장수'가 버킷리스트에 들어있지 않았다. 아마도 마흔네 살의 내가 5년 뒤, 10년 뒤의 나에게 편지를 쓴다면 '몸과 마음의 건강', '장수', '암 완치'가 첫째 항목이 되지 않을까(이번엔 10년 후보다는 5년 후 암 완치 판정을 받을 내게 편지를 쓰고 싶다. 아직 편지는 미완성이지만, 조만간 완성할 생각이다).

편지를 읽은 뒤 수시로 흔들리던 마음도 조금씩 잡혔다. 맘마프린트 검사 결과까지 듣고 나면 치료 방향이 구체적으로 잡힌다고 했으니 길고 길게만 느껴졌던 검사와 진단, 치료 방향 수립 과정이 마무리될 것이었다. 어떤 어려움이 있더라도 현실을 잘 이겨내려면 가만히 있는 것보단 움직이는 것이 낫다. 그래서 나는 본격적으로 움직이기 시작했다.

암이나 건강 관련 책을 찾아 읽었고, 주변에 유방암을 진단받고 잘 극복한 사람들을 수소문해 연락하기 시작했다. 또 유방암 환우들이 많이 모여 있는 '유방암 이야기' 카페를 부지런히 드나들며 실질적으로 항암이나 수술 전 어떤 준비가 필요한지 알아보기 시작했다. 총 12만여 명의 회원을 보유하고 있는 이 카페는 '정보의 보고'였다. 수많은 유방암 경험자들이 자신의 경험을 공유하며 실질적인 준비를 할 수 있는 조언을 해주었다.

암 경험자들은 항암 전에 미리 해두어야 할 일로 치과 진료를 첫째로 꼽았다. 독한 항암제가 몸에 들어가면 내 몸을 각종 세균으로부터 지켜주는 백혈구 수치가 낮아지면서 각종 감염에 취약해진다. 이런 상태에서 치과 진료를 받기란 쉽지 않다. 따라서 충치가 있는 사람이라면 미리 충치도 치료하고, 스케일링도 미리 해두는 것이 좋다. 검사 결과를 기다리면서 나는 치과에서 치아 상태를 점검하고 스케일링을 했다.

여기에 내 의견을 덧붙이자면 죽염을 준비해 하루에 세 번 이상 입과 목을 헹구라고 권하고 싶다. 항암을 하면 입안에 염증이 생기는 구내염이 부작용으로 따라온다. 피로, 스트레스, 비타민과 철분 등 각종 영양 결핍, 면역 장애 등으로 발생하는 구내염은 대표적인 항암 부작용이다. 항암을 하게 되면 속이 쓰리고 메스거리거나 구토 증상이 생기는데 구내염까지 생겨 잘 먹지 못하면 항암을 견뎌낼 수 없다. 따라서 암 환자라면 구내염 예방을 위해 최선을 다해야 한다.

병원에서는 구내염 예방을 위해 탄툼 가글액을 처방해준다. 박하 향의 진한 녹색인 이 용액은 벤지다민염산염이 유효성분이다. 에탄올이 포함된 탄툼액으로 입을 헹구면 입안이 얼얼해지면서 마치 치과에서 치료 전 마취한 것과 비슷한 느낌을 받는다. 시간이 지나면 괜찮아지지만, 쉽사리 탄툼액에 손이 가지 않는다. 탄툼액을 쓰기 힘들 때 내가 애용한 것이 죽염수다. 죽염은 3년 이상 자란 왕대나무에 공기가 들어가지 않도록 천일염으로 밀봉한 뒤 구워서 만든다. 죽염은 항산화력이 뛰어나 입속 세균 억제 및 살균 효과가 있고 구취 제거 효과가 있다. 나는 죽염을 물에 적당량 녹여 수시로 입과 목을 헹궈주었다. 지금도 아침에 일어나자마자 죽염수로 입과 목을 헹구는데, 항암과 수술,

방사선치료를 하면서 구내염에 걸린 횟수는 손에 꼽을 정도다. 최근 SBS 예능 프로그램 〈집사부일체〉에 출연한 가수 이승기 씨도 목 관리를 위해 매일 아침 죽염수로 입과 목을 헹군다는 얘기를 하던데 어찌나 반갑던지! 암 환자는 물론이고 건강한 사람들도 목 건강과 감기 예방을 위해 죽염수를 활용하면 좋겠다.

다음으로 항암 전 또 해야 할 일은 예방접종이다. 독감 및 폐렴 예방접종을 미리 해두면 안심이 된다. 항암을 하게 되면 감염에 취약해지는데 예방접종을 통해 항원에 대한 항체 시스템을 만들 수 있기 때문이다.

이외에도 유방암 환우들은 항암을 하면 머리카락은 물론이고 눈썹까지 빠지게 되므로 가발을 준비하고 눈썹 문신도 할 것을 권했다. 9년 전에 눈썹 문신을 했던 나는 다시 눈썹 문신을 하려고 여러 업체를 알아보았다. 그런데 아무리 생각해도 머리카락도 없고 화장도 안 하는데 눈썹 문신을 하게 되면 새까만 눈썹만 너무 튈 것 같아 결국 하지 않기로 했다.

가발은 환우 카페에서 소개된 가발 가게 세 곳을 둘러보고 인모 가발 1개, 모자 가발 1개(스타일 유지 가발인데 모자를 함께 써야 하는 가발), 머리띠 가발 1개를 샀다. 실제 사람 머리로 만든 인모 가발 비용은 40~100만 원대로 다양했고, 인모가 아닌 고열사로 만든 스타일 유지 가발은 10~40만 원대였다. 머리띠 가발은 6~10만 원 내외로 머리띠에 앞머리 부분만 붙어 있는데, 머리띠 가발만 두르고 비니(머리에 달라붙게 뒤집어쓰는 동그란 모자)를 쓰면 되니 편리하다. 다만, 이 가발은 오래 쓰면 귀 옆이 눌리면서 많이 아프다.

모든 과정을 거쳐보니 가발은 항암 전에 구매하기보다, 항암 뒤 머리카락이 빠지기 시작할 때 사는 것이 좋겠다는 생각이 든다. 가발 가게에서 가발을 사면 '셰이빙(암 환우와 암 관련 업체들은 '삭발'보다 이 용어를 자주 쓴다)'을 무료로 해주고 비니도 선물로 주는데, 그런 기회를 활용하면 좋기 때문이다. 또 처음부터 비싼 인모 가발을 사기보다 스타일 유지 가발이나 머리띠 가발을 사서 착용해보며 자신의 스타일을 확인한 뒤, 또 가발을 자주 사용할 것 같다면, 그때 인모 가발을 사도 늦지 않다. 인모 가발을 사 놓고 별로 사용하지 않았다는 사례도 있기 때문이다.

항암이나 수술, 방사선치료를 하면 여러 부작용도 생기는데 많은 환우가 '암 전문 양한방 통합병원'에서 도움을 받기도 한다. 나 역시도 검사 결과를 기다리면서 암 전문 병원을 들러 상담을 받았다.

　검사 결과가 나오기 전에도 챙겨야 할 것은 이렇게 많다. 공포나 두려움, 걱정으로 시간을 보내기엔 아까운 시간이다. 간혹 환우 카페에 올라오는 각종 부작용, 하소연들을 보면서 치료에 대한 두려움이 커지는 경우도 있다. 그러나 암을 잘 극복했거나 부작용이 심하지 않은 사람들은 환우 카페에 글을 자주 쓰지 않는다는 사실도 염두에 둘 필요가 있다. 부작용은 개인차가 크다. 어떤 부작용이 있는지 알아둘 필요는 있지만, 미리 겁먹거나 나도 모든 부작용을 똑같이 겪을 것이라고 단정할 필요는 없다. 그보다는 지인들을 통해 암을 잘 극복한 사람들을 만나 스스로 어떻게 생활을 관리했는지를 듣고 롤 모델을 찾는 것이 훨씬 현명한 선택이다. 항암이나 수술 전 체력 확보를 위해 세 끼 식사를 잘하고 운동도 꼬박꼬박하는 것은 기본이다.
　이것저것 챙기다 보니 금세 맘마프린트 검사 결과가 나오는 날이 됐다. 검사 결과는 아쉽게도 항암을 피할 수 없는 '고위험군'에 속한다고 나왔다. 항암을 안 한다면 암이 재발할 위험률이 29퍼센트로 높은 편에 속했다. 유방외과 의사는 항암을 해서 암의 크기를 줄여 부분절제를 시도해 보자고 했고, 이제부터는 종양내과 의사를 만나 항암을 하라고 했다.

종양내과 의사는 "유방암 3기로 현재 상태에서는 수술할 수 없어 항암을 통해 수술할 수 있도록 만드는 것이 목표"라고 설명했다. 현실을 직시하게 하는 다소 냉정한 의사의 어투에 내 마음은 '쿵' 또 한 번 내려앉았다. 3주 간격으로 총 8회에 걸친 항암치료를 하는데, 중간에 검사해서 항암 효과를 확인한다고 했다.

한 달 동안 진행된 검진과 진단, 치료 계획 수립 과정이 완료되니 차라리 마음이 후련하기도 했다. 당시 나는 갑상선암을 경험한 지인 황소(별칭)가 선물해준 《넘어진 그 자리에 머물지 마라》(김준기, 수오서재, 2014)라는 책을 읽었는데, 그 이름처럼 나 역시 '넘어진 그 자리에 머물지 않겠다' 다짐하면서 다시 항암 공부를 시작했다.

지독한 건 빨간약

서울로 가는 기차를 타려고 충북 오송역에 도착했는데 가방이 온데간데없다. 첫 항암을 하기 전날인 2020년 1월 20일, 나는 세종시 교육부를 찾았다. "교육정책에 대한 국민의 이해와 신뢰를 높이는 데에 대해 기여했다"며 유은혜 부총리 겸 교육부 장관이 박성용 불교방송 기자와 내게 표창장을 준다고 했다. 항암 전날이라 갈까 말까 망설이다 상을 받고 기분 좋은 상태에서 항암을 하자는 생각에 갔다. 그런데 이게 웬 날벼락이란 말인가. 가방을 잃어버리다니.

부랴부랴 카드 분실신고를 하고 철도역에서 CCTV를 돌려 봤다. 오송역에 들어오는 내 손에는 꽃다발이 든 종이 가방만 쥐여 있었다. 가방이 없었다. 버스에 가방을 놓고 내린 것 같았다. 버스 회사에 전화를 돌려봐도 분실 가방이 접수되지 않았다고 했다. 2~3시간 가방을 찾느라 진을 뺀 뒤 나는 자포자기하는 마음으로 기차에 올랐다.

　'내일 항암인데 이게 무슨 일이람. 불길한 징조인 것인가. 항암 하면 렌즈도 안 끼는 게 좋다는데 안경까지 분실해 어떡하지?'

　심란했다. '내려오지 말걸' 하는 후회가 밀려왔다. 항암 앞두고 상 같은 게 뭐가 중요하다고 내려와서 이런 일을 겪나 싶은 생각이 들었던 것이다. 암 진단 뒤로는 일상의 모든 일이 '의미 지어지는' 현상이 나타났는데, 가방을 잃어버리니 항암을 앞두고 불안해졌다. 다행히도 용산역에는 내가 어려움을 겪을 때마다 항상 곁에 있어주는 선배 리아(별칭)가 나를 기다리고 있었다.

　"선아야, 내가 언젠가 방송에서 봤는데 우리나라에서 지갑을 잃어버리면 주인이 다시 찾는 비중이 의외로 높아 놀란 적이 있어. 그러니 며칠 기다려봐. 버스에서 네 가방을 주운 사람이 연락 올 수도 있잖아. 일단 안경 필요하니까 함께 밥 먹고 내가 아는 안경점에 가서 안경 하자. 안경은 내가 해주고 싶어. 힘내."

선배는 보라색 안경을 맞춰주고 집 근처 지하철역까지 나를 바래다주며 "내일 항암 잘하고 다시 만나자"고 했다. 선배가 아니었다면 그날 내 기분은 엉망진창이었을 것이다. 선배의 친절과 사랑에 나는 '연초 액땜했다고 생각하자. 돌아올 가방이면 돌아오겠지. 집에 가서 잠이나 푹 자자' 하며 집으로 돌아왔다.

밤 9시 반 무렵, 휴대폰 벨 소리가 우렁차게 울렸다.

"여보세요. 양선아 씨죠? 저는 청주시 버스운전사인데 버스에 가방을 놓고 내리셨어요. 종점에서 버스 정리하면서 발견했어요. 지갑과 안경이 들어 있는 가방 주인 맞으시죠?"

세상에! 가방이 돌아왔다! 전화를 받는 순간 나는 가슴 깊은 곳에서 "감사합니다"라는 말을 뱉으며, 허공에 대고 허리를 숙였다. 오후 2시 반께 버스에서 내렸으니, 가방이 온종일 버스 좌석에 놓여 있었을 텐데 아무도 가방을 가져가지 않은 것이 신기했다. 또 버스 기사님이 명함을 보고 연락을 해준 것도 감사했다. 감사한 마음이 흘러넘쳐 나는 기사님께 한라봉 한 상자를 보내드렸다.

"선배 말이 맞았어요! 가방이 돌아왔어요! 가방도 돌아오고 상도 받았으니 기쁜 마음으로 내일 항암 받을 수 있을 것 같아요. 선배 오늘 너무 감사했어요."

항암 전날 대부분의 환우는 잠을 이루지 못하는데, 하루 동안 급격한 감정의 롤러코스터를 탄 나는 그날 너무 피곤해 '꿀잠'을 잤다. 버스기사님은 모를 것이다. 자신의 행위가 어떤 나비효과를 발휘했는지. 그날 나는 훈훈한 마음과 함께 친절과 배려, 정직의 미덕을 배웠다. 미국의 비영리 단체 '친절재단The Random Acts of Kindness Foundation'에서는 아무런 대가를 바라지 않고 무작위로 친절을 베푸는 '친절의 날' 캠페인을 열어 친절의 놀라운 효과에 대해 강조하는데, 나 역시도 친절의 놀라운 효과를 경험한 셈이다.

푹 자고 일어나 기분이 좋으니 두려움, 불안감이 줄어들었다. 첫 항암인 만큼 친정어머니와 남편, 나는 일찍 병원으로 향했다. 호르몬 양성, 허투 음성, 림프절 전이가 있는 유방암 3기 환자였던 나는 '빨간약'이라고 부르는

AC(아드리아마이신Adriamycin(성분명: 독소루비신)과 사이톡산 Cytoxan(성분명: 사이클로포스파마이드))를 3주 간격으로 4회 맞은 뒤, 도세탁셀이라는 항암제를 3주 간격으로 4회 맞기로 했다. 도세탁셀은 유방암, 위암, 폐암, 전립선암, 두경부암을 치료하는 데 사용하는 약제인데, 암세포의 세포분열을 중지시켜 암세포를 죽인다. AC는 항암 주사치료실에서 1~2시간, 도세탁셀은 낮병동(병원에 입원해 필요한 치료를 받지만 하루 종일 입원하지 않고 6시간만 입원치료를 한 뒤 당일 귀가하는 시스템)에 입원해 5~6시간 손이나 팔의 혈관에 주사를 꽂아 맞는다고 했다.

항암제를 맞기 1시간 전에 항구토제 알약을 처방받아 먹었다. 환우 카페에 보면 이 약을 먹고도 오심이 심해 붙이는 구토방지제 패치를 처방받아 붙이는 경우도 있었다. 종양내과 주치의에게 패치에 대해 물으니 '중복해서 붙일 필요 없다. 처방해준 약이 더 좋은 약이다. 걱정하지 말고 약 먹고 항암 잘하고 열흘 뒤 혈액검사하러 오라'고 말했다.

항암제를 맞기 전 항암 및 영양 교육도 받았다. 교육 담당자는 '항암제는 혈관주사로 맞는데 조금만 손을 잘못 움직여도 피부가 괴사될 수 있다. 만약 항암제를 맞고 이상

한 낌새가 있다면 바로 간호사에게 이야기해서 조치를 취해야 한다'고 말했다. 또 항암을 할 때는 백혈구, 혈소판, 적혈구가 파괴되기 때문에 감염병에 걸리면 위험해질 수 있어 될 수 있는 한 사람이 많이 모이는 곳을 피하라고 당부했다. 치과 치료도 하지 말라고 했고, 회 종류 등 날음식도 먹지 말라고 했다.

항암제는 암세포뿐만 아니라 정상 세포도 공격하기 때문에 신장, 간, 심장, 폐, 방광 등 다른 장기에 독성을 발생시킬 수 있어, 항암 한 날은 물을 1.5리터 이상 마셔 독소 배출을 원활히 해줘야 한다고 했다. 또 항암을 하면 오심, 구토가 발생하고 입맛이 변할 수 있는데, 그래도 5대 영양소를 골고루 섭취해야 항암치료를 이겨낼 수 있다고도 강조했다. 몸무게가 줄지도 늘지도 않는 현 상태를 유지하면 좋다고 했다.

항암제 AC의 부작용에는 '심장 독성'도 있었다. 이 항암제는 암세포뿐만 아니라 심장 근육에도 작용해 심근 세포를 사멸시키는 심장 독성이 있어 항암치료 중 부정맥, 빈맥, 흉통, 호흡곤란, 과다피로 등의 증상이 생기면 병원에 와 검사를 받아야 한다고 했다. 그 외 탈모, 구내염, 생리 중단, 변비, 소화불량 등의 부작용이 있을 수 있다고 했고, 38도 이상의 고열이 나면 해열제로 열을 내리려 하지 말고 바로 병원으로 와야 한다고 했다. 듣기만 해도 무시무시한 부작용들이었고, 갑자기 심장이 쪼그라드는 느낌이었다.

교육을 받고 항암 주사실에 들어서니 적막했다. 등받이를 뒤로 눕혀 잠잘 수 있는 안락의자가 치료실의 세 벽면을 따라 놓여 있었다. 힘이 없어 보이는 환자들이 축 처져서 주사를 맞고 있었다. 간호사가 정해준 의자에 나도 앉았다. 나이 드신 분들이 많았고, 맞은편에는 내 또래로 보이는 한 젊은 여자가 주사를 맞고 있었다. 우리 둘은 서로 인사를 나눴고, 어머니들끼리는 바로 친해졌다. 동병상련이라고, 암 환우나 암 환우 가족은 어느 공간에서도 급격하게 친밀해지는 경향이 있다.

능숙한 손놀림의 간호사가 항암제를 준비해 내 왼쪽 팔에 주삿바늘을 꽂았다. 나는 왼쪽 가슴에 암이 있는데, 항암제를 맞은 뒤에는 왼쪽 팔로는 채혈 및 혈압 측정이 불가능하다고 말했다. 나중에 고생해야 할 오른쪽 팔을 최대한 아끼기 위해서 왼쪽 팔 혈관에 주삿바늘을 꽂았다.

각종 검사를 받느라 수십 번 혈관에 주삿바늘을 꽂은

경험 때문에, 독한 항암제 주사를 또 꽂는다고 생각하니 긴장할 수밖에 없었다. 다행히도 간호사는 한 번에 아프지 않게 주사를 놔줬다. 휴~ 안도의 한숨이 나왔다. 항암제 투입 전 혈관주사로 항구토제를 한 번 더 맞고, 염증 반응을 줄여주는 스테로이드제도 주입됐다. 스테로이드제를 주입하면서 간호사가 "항문까지 찌릿찌릿한 느낌이 올 수 있어요"라고 말했는데 약물이 들어가자 정말로 항문이 고춧가루를 뿌린 듯 따끔따끔했다. 드디어 그 악명 높은 아드리아마이신이 주입됐다. AC가 '빨간약'이 불리는 이유도 이 아드리아마이신이 빨간색이기 때문인데, 정말 마치 붉은 피가 주입되는 것처럼 혈관을 따라 들어갔다.

'하필 약 색깔이 빨간색이람. 부담스럽게.' 아드리아마이신은 특유의 약 냄새가 있었다. 코끝까지 전달되는 화학약품 냄새다. 어떤 환우는 그 냄새만 맡아도 구역질이 나온다고 했다. 그래서인지 환우 카페에선 "얼음을 물고 있어라", "무가당 사탕을 준비해 빨고 있으면 낫다" 등의 조언을 해줬다.

친정어머니가 맞은편 환우 어머니에게 얼음을 빌려 내 입에 물려주었다. 잠도 오지 않아 회사 동기가 보내준 '감사하고 감탄하라'라는 분당우리교회 이찬수 목사의 유튜브 동영상을 보면서 주사를 맞았다. '설레지 않으면 유죄, 두근대면 무죄'라는 구호를 올해의 구호로 삼기로 했다는 목사님 설교를 들으면서, 어제 겪었던 일들을 회상하며 다시 한번 감탄하고 감사한 마음을 가졌다.

1시간 20여 분에 걸쳐 항암제를 맞고 집으로 돌아왔다. 약 기운이 돌기 시작하더니, 머릿속에 무언가가 빙빙 돌기 시작했다. 속이 울렁거렸고 마치 멀미를 하는 것처럼 머리가 어질어질했다. 내 몸을 스스로 가누기 힘들었다. 술을 좋아하는 '지독한 취재원' 때문에 와인을 마시고 맥주, 소주, 막걸리까지 섞어 마신 뒤 다음 날 오바이트를 하며 죽다 살아난 적이 있다. 딱 그때의 느낌과 비슷했다. 몸을 흔들흔들하면서 친정어머니 손을 붙잡았다. 식은땀을 뻘뻘 흘렸다. 남편에게 발을 주물러 달라고 했고, 딸에게는 기도를 해달라고 부탁했다. 눈물이 나오려는데 이를 꽉 물고 참았다.

띵동띵동. 온 집안 식구가 내게 매달려 있는데, 초인종이 울렸다. 같은 교회에 다니는 김 권사님이었다. 김 권사님은 5년 전 대장암 3기 진단을 받고 잘 극복해온 분이다. 수술과 항암을 해본 경험이 있는 분이라 누구보다 그 고통을 아는 분이었다. "민지 엄마 항암 하고 왔지요? 민지 엄마 위해 기도해주고 싶어요"라고 말했다. 정말 처음 겪어보는 그 알 수 없는 고통에 나는 지푸라기를 잡는 심정으로 "할머니, 와서 제발 저를 위해 기도해주세요"라고 부탁했다. 안방에 들어가 김 권사님은 내 손을 꼭 붙잡고 눈물을 흘리며 기도를 해주셨다. 기도를 하는데 갑자기 내 울음보가 터졌다.

"흐흑··· 흐흐흐흑···."

"울어. 민지 엄마 울고 싶으면 그냥 울어. 참지 말고 울어. 내가 다 알지. 얼마나 힘든지."

하염없이 눈물이 나왔다. 김 권사님과 나는 서로를 부둥켜안고 소리를 내어 엉엉 울었다. 20여 분이 지났을까. 실컷 울고 나니 신기하게도 가슴이 시원해졌다.

울고 난 뒤 나는 '살아야 한다'는 생각을 했다. 두 아이를 보며, 친정어머니를 보며, 남편을 보며 억지로 숟가락으로 밥을 떠 입에 밀어 넣고 약을 삼켰다. 또 '살아야 한다'는 생각에 먹은 것을 소화시키려고 휘청거리며 일어서서 거실을 조금이라도 돌았다. 물을 많이 마시라고 했으므로 1.5 리터짜리 물도 억지로 마셨다. 배가 불룩해졌다. 황토 찜질팩을 따뜻하게 데워 배에 올려놓고 누웠다. 식은땀을 뻘뻘 흘렸고, 잠을 제대로 잘 수 없었다. 수면 음악을 틀어놓고 잠을 청했지만, 계속 화장실을 들락날락했다. 항암제, 정말 지독한 놈이었다.

항암제 후유증

➤

: 올챙이 배 탈출기

'이 사람이 나 맞아?'

1차 항암을 한 날 밤새 소변을 보느라 화장실을 들락날락했다. 새벽 2시, 3시, 5시에 깨니 거의 잠을 잔 것 같지 않았다. '빨간약' 항암제를 혈관으로 맞아서인지, 소변 색깔도 빨간색으로 나왔다. 특유의 화학약품 같은 냄새도 났다. 잠을 뒤척이다 아침 7시께 일어나 거울 속 나를 보니 얼굴이 퉁퉁 부어 있고 얼굴색이 누렇게 변해 있었다. 낯설었다. '어떻게 하루 만에 이런 얼굴이 되지?' 자괴감이 밀려왔다. 체중계에 올라가니 몸무게가 1.5킬로그램이나 늘었다.

내가 알고 있던 암 환자의 전형은 삐쩍 마른 사람이었는데, 도대체 왜 나는 이렇게 퉁퉁 붓고 몸무게가 늘었는지 그때는 이해가 되지 않았다. 알고 보니 암 환자라고 해서 무조건 몸무게가 줄고 야위는 것은 아니었다. 그야말로 '케이스 바이 케이스'였다. 그러니 혹시라도 암에 걸린 지인이 당신이 예상했던 몸매가 아니더라도 놀라지 마시길. 암 환자는 항암 뒤 몸이 퉁퉁 부어 체중이 10킬로그램 이상 늘어날 수도, 구토와 오심이 심해 아무것도 먹지 못해 체중이 현저히 줄어들 수도 있다. 의사는 항암 하는 동안 몸무게가 늘지도 줄지도 않게 현 상태를 유지할 것을 권했고, 나는 매일 체중을 재며 몸무게를 유지하기 위해 노력했다.

항암 첫날 멀미 증세가 너무 심해 미처 느끼지 못했던 증세들이 이튿날부터 나타나기 시작했다. 속이 너무 쓰렸는데 명치 부분이 타들어가는 것처럼 아팠다. 건강검진을 하면 항상 약간의 위염이 발견되곤 했는데, 항암제로 위염이 더 악화된 듯했다. 배는 더부룩했고, 변비 증세가 심하게 나타났다.

　병원에서는 변비를 대비해 변비약 마그밀을, 위쓰림을 대비해 빨아먹는 제산제를 주었다. 항구토제도 주었고, 염증을 억제해준다는 스테로이드제도 주었다. 속쓰림이 너무 심해 식전에 위염약을 허겁지겁 빨아먹었다. 그런데 그 약을 먹으면 변비가 생길 수 있다고 했다. 변비가 심한데 변비가 부작용인 약을 먹어야 하고, 변비를 해결하기 위해 또 다른 약을 먹어야 한다니… 이런 아이러니한 상황은 뭐란 말인가. 모든 부작용을 약으로 해소하려고 했다간, 내 위가 남아나지 않을 것만 같았다. 한 알이라도 약을 줄이고 싶어 변비약은 먹지 않고 물과 채소 섭취를 늘리기로 했다.

　"엄마가 어디에서 들었는데, 암 환자가 왜 죽는지 아니? 안 먹어서, 못 먹어서 죽는다더라. 항암제 때문에 죽는 게 아니라 영양실조로 죽는다는 거야. 무조건 먹어야 산다는 생각으로 먹어야 해. 엄마 주변에도 암 환자 많은데, 이겨낸 사람들 보면 잘 먹는 사람들이 이겨내더라. 그러니 무조건 먹어야 해. 먹어야 살아. 그것만 기억해. 먹어야 살아."

　항암에 들어가기 전에도, 항암을 한 뒤에도 귀에 못이

박히게 들은 이야기다. 녹음해서 계속 재생 버튼을 누르고 있는 것처럼 어머니는 이 말을 되풀이했다. '먹어야 산다'는 구호를 내 머릿속에 각인시키고 말겠다는 강한 의지로. 그런 어머니의 '피나는' 노력은 효과가 있었다. 1차 항암을 한 다음 날, 더부룩한 배 때문에 아무것도 먹고 싶지 않았지만 '먹어야 산다'는 구호가 내 귓가에 쟁쟁거렸다.

"엄마, 속이 너무 쓰려서 밥은 못 먹겠어요. 전복죽을 한번 먹어볼까?"

내 말이 끝나기도 전에 어머니는 전복을 깨끗하게 씻고, 당근, 호박 등 각종 채소를 썰고 있었다. 고소한 참기름 냄새가 진동하는 전복죽이 곧바로 내 앞에 놓였다. 양상추와 파프리카 등을 섞은 채소 샐러드 한 접시와 전복죽을 억지로 입에 밀어넣었다. 물을 마시고 죽만 먹었는데도 배는 올챙이처럼 불룩했다.

화장실에 언제쯤 갈 수 있을까. 언제쯤 더부룩한 배는 괜찮아질 수 있을까. 언제쯤이면 밤에 자주 깨지 않고 푹 잘 수 있을까. 항암 뒤 나는 원초적인 고민으로 하루하루를 보냈다. '잘 먹고 잘 싸고 잘 자던' 지극히 평범한 일상이, 그저 물 흐르듯 흘러갔던 그 시간이 너무나 그립고 그리웠다. 행복은 멀리 있지 않았다. 그냥 아무 일 없는, '잘 먹고 잘 싸고 잘 자던' 그런 날들이 행복한 날들이었다. 다시 그런 날이 내게 돌아온다면, 그저 감사한 마음으로, 아무 욕심도 내지 않고 하루하루 기뻐하며 살겠다고 다짐했다.

새벽 3시께 모두가 잠든 시간, 뜬눈으로 있자니 외롭기만 했다. 문제를 해결하기 위해, 외로움을 달래기 위해 환우 카페를 찾았다. 'AC 변비'라는 키워드로 검색했다. 환우들 경험담 속에는 환우들끼리만 공유할 수 있는 아픔과 슬픔과 고통이 있었다. 그리고 그들의 삶의 지혜가 녹아 있었다.

"○○요구르트와 프룬 주스가 직방입니다. 저 효과 제대로 봤어요", "저는 유산균, 마그밀, 프룬 주스, 바나나, 미역, 고구마 등 모든 걸 동원해서 해결했어요", "마그밀 먹고 설사 증세 심해져 너무 고생했어요. 일단 ○○요구르트와 프룬 주스 등으로 시도를 해보세요"와 같은 다양한 조언이 기록돼 있었다. '속쓰림'과 복부 팽만감도 대부분의 환우가 경험하고 있었다. 7일 정도 지나니 좀 나아지더라는 이야기도 있고, 빨아먹는 위장약으로는 해결이 안 돼 의사에게

위궤양 치료제인 알약을 처방받아 먹고 나아졌다는 사람도 있었다.

'나 혼자만 이런 건 아니라는 거네.'

안도의 한숨을 쉬었고, 조금 덜 외로웠다. 어둠 속에서 나처럼 속쓰림과 변비의 고통을 겪는 다른 환우들이 그려졌다. 상상 속에서 나는 그들의 손을 꼭 붙잡고 "우리 잘 이겨봐요. 모든 노력을 다해봐요. 좋은 날이 올 거예요"라고 말하고 있었다. 다른 환우들이 나고, 내가 다른 환우였다. 그렇게 내가 나를 격려하다 까무룩 잠이 들었다.

다음 날 오전 9시 약국 문이 열리자마자 프룬(서양 자두) 주스를 사서 마시고, 환우들이 추천한 요구르트도 사서 마셨다. 핫팩을 올려놓고 배를 따뜻하게 해주었다. 그동안 집에 쌓아만 놓고 보지 않던 쾌변 관련 책들도 들춰봤다. 책 두 권이 눈에 들어왔다.

《자기 전에 마시는 하루 한 컵 쾌변 주스》(고바야시 히로유키, 마키노 나오코, 미디어윌, 2013)를 보니 "장은 전신에 영양분을 보내고 불필요한 것을 배설하는 큰 역할을 하고 있다"고 밝혔다. "장에는 몸 전체의 60퍼센트에 달하는 면역

세포가 모여 있어, 사람의 몸속 장기 중 가장 큰 면역기관이라고 할 수 있다"고도 설명했다. 이 책에서는 장을 깨끗하게 하는 최고 식재료로 사과, 바나나, 양배추를 들었다. 사과 2분의 1개, 바나나 1개, 양배추 큰 것 1장, 물 4분의 1컵을 넣고 믹서기에 갈아 하루에 한 잔 200~300밀리리터씩, 부교감 신경이 활성화되면서 장의 활동이 활발해지는 밤에 마시라고 지은이는 조언했다.

《매일 쌓이는 몸속 독소 배출하기》(야시로 아키라, 정진라이프, 2017)라는 책에서는 "대소변의 색깔과 냄새로 알아보는 독"이라는 구절이 눈에 띄었다. 이 책에서는 이상적인 신체를 "막힌 곳이 없이, 순환의 구조가 제 기능을 발휘하는 몸"이라고 정의했다. 즉 "노폐물을 빨리 내보내는 구조"라는 것이다. 식이섬유는 썩지 않고 그대로 배출되고, 단백질은 몸속에서 분해·흡수돼 영양분으로 섭취되기 쉽지만 부패하기도 쉽다고 지은이는 설명한다.

인간의 대변은 수분을 제외한 약 80퍼센트가 단백질로 이루어져 있다. 여기에는 미처 흡수되지 못한 영양분뿐 아니라 죽은 세포와 죽은 장내 세균도 대량으로 포함돼 있다.

세포와 세균도 단백질이기 때문에, 결국 대부분은 단백질 이라고 할 수 있다. 단백질이 많이 포함된 대변은 몸속에 서 머무른 시간이 길면 길수록 부패된 것이다.

-야시로 아키라, 《매일 쌓이는 몸속 독소 배출하기》

저자는 내 몸속에 독소가 얼마나 쌓여 있는지 확인할 수 있는 방법으로 소변과 대변의 냄새를 확인하라고 권했 다. 대소변의 색깔이 진하고 냄새가 심하다면, 몸속에 독 소가 쌓여 있다는 신호로 볼 수 있다는 것이다. 반대로 색 이 옅다면 수분이 제대로 공급되고 있다고 한다. 이 책에 서는 그래서 '물 마시기'를 가장 중요한 양생법으로 권한 다. 체온보다 약간 높은 40도로 끓인 물을 ①기상 후 ②목 욕 후 ③취침 전, 이렇게 하루 세 번 먹으면 신체 활성화에 도움이 된단다. 40도처럼 뜨거운 물까지는 아니더라도 따 뜻한 물을 저자가 권한 방식대로 마셔보자고 결심했다. 그 때부터 지금까지 나는 아침에 일어나면 죽염으로 가글링 한 뒤 따뜻한 물을 마시는 습관을 유지하고 있다.

뭘 먹어도 쾌변을 보지는 못한 나는 항암 뒤 일주일 내 내 변비와 전쟁을 벌였다. 양상추 샐러드에 브로콜리에 나물에 바나나+사과+양배추 주스에 요구르트에 프룬 주스, 고구마까지 동원했다. 걷기가 도움 된다고 해서 어떤 날은 하루 1만 보까지 걸었다. 그런데도 변이 시원하게 나오지 않을 때 느껴지는 그 무력감이란…. 어떻게 해도 내 몸이 내 마음대로 작동하지 않을 때 밀려드는 자괴감은 말로 설명할 수 없다.

그런 힘든 시간에도 내가 무너지지 않았던 이유는 내 곁을 지켜주는 가족들이 있어서였다. 친정어머니는 어떻게든 나를 먹이기 위해 전복죽, 소고기죽, 낙지죽 등 죽 종류를 바꿔가며 음식을 정성껏 만들었다. '엄마 손은 약손'이라는 듯 초음파 마사지기로 열심히 배 마사지도 해주었다. 남편은 아이들을 돌보고 나와 함께 산책을 해주었다. 힘든 와중에도 아이들 얼굴을 바라보고 이야기를 나누다 보면 웃게 됐다.

배가 더부룩한 상태에서 방귀가 시도 때도 없이 나오는데 그 냄새는 또 얼마나 지독했는지 모른다. 배에서 무엇인가가 썩고 있는 것이 아닌지 의심될 정도로 지독한 냄새가 났다. 온 식구가 정말 질식사할 정도의 고통을 함께 느꼈다. 그래도 가족이라 그 고통도 웃으면서 넘겼다.

그렇게 힘든 시간을 보내고 있는데 갑자기 친정어머니가 '변비 특효약'을 떠올리셨다. 바로 키위!

"선아야, 예전에 엄마도 수술했을 때 변비 때문에 엄청 고생한 적 있거든. 뭘 먹어도 해결이 안 되는 거야. 그런데 키위 있잖아, 그 키위를 먹고 바로 시원하게 변을 봤어. 밤에 자기 전에 유산균을 먹고, 키위도 좀 먹어보자."

마트로 달려가 당장 골드키위를 샀다. 그리고 바로 키위 두 개를 흡입했다. 저녁에 유산균도 먹었다. 키위를 잔뜩 먹은 다음 날, 정확히 항암 뒤 7일째 되던 날이다. 그날도 아침 식사 뒤 키위를 먹고 있는데 신호가 왔다. 바로 화장실로 달렸다. 뿌지지지직….

단단히 막혀 있던 변이 드디어 내 몸을 탈출했다. 쾌변이었다. 송골송골 땀이 맺히고, 마음 깊은 곳에서 뿌듯함과 행복감이 솟았다. 영유아 시기 아이들이 '배변 독립'을 할 때 이런 뿌듯함을 느끼려나. 별생각을 다 한다. 피식. 그날 이후 내 목소리도 낯빛도 달라졌다. 죽다 살아난 것처럼 몸동작도 날렵해졌다. 하하하하 시종일관 웃고 다녔다.

"이제 좀 살겠는갑네. 얼굴 보니까 살아났구만, 살아났어. 완전 다르네~"

남편이 하하하하 웃고 있는 나를 보며 웃었다.

항암 1차 이후 일주일, 똥에 죽고 똥에 산 한 주였다. 그날 이후로 지금까지 내게 행복이란 특별한 것이 아니다. 그저 '잘 먹고 잘 싸고 잘 자는' 하루라면 행복하다. '잘 먹고 잘 싸고 잘 자는 일'이 결코 평범한 일이 아니라는 것을 알아버렸기 때문이다. 나의 행복의 마지노선은 엄청 낮아졌고, 행복을 느끼는 빈도수는 늘었다. 그렇다. 나는 오늘도 행복하다.

아쉬움은

→

단 한 올도 없이

"2주 차 접어드니 머리가 숭덩숭덩 빠져서 펑펑 울었어
요."

"저도 피해갈 수는 없더군요. 14일째 되니 진짜 머리가
빠지더라고요."

유방암 환우 카페에 올라온 항암 후기를 보면, 환우들
은 첫 항암을 한 뒤 2주 차가 되면 머리카락이 뭉텅이로 빠
진다고 전했다. 주치의도 100퍼센트 탈모를 피해갈 수 없
다고 했다. 그런데도 내 마음 한구석에는 '혹시 모르지, 나
는 머리카락이 덜 빠질지도 몰라' 하는 마음이 있었다. 그

런 마음을 더 부채질한 것은 남편과 아들이었다. 남편과 아들은 "당신은 머리카락 안 빠질 것 같아. 봐봐. 전혀 기미가 없잖아", "엄마, 가발까지 샀는데 엄마 머리카락 안 빠지면 헛고생한 건데~ 돈만 쓰고 저 가발 필요 없으면 어떡해?"라고 말하곤 했다. 그런 얘기들을 들으면 '0.00001퍼센트라는 예외도 존재하니까, 혹시 내가 그런 사람?' 하는 마음이 슬며시 고개를 들곤 했다.

첫 번째 항암 주사를 맞은 지 사흘째 되던 날, 나는 집 근처 미용실에 가 어깨까지 내려오던 머리카락을 짧게 잘랐다. 환우들이 "머리카락이 빠질 때 두피가 땅기고 많이 아프니 미리 머리카락을 짧게 자르라"고 조언했기 때문이다. 헤어스타일을 한 번 바꾼 뒤 삭발하니 상실감을 덜 느꼈다는 사람도 있었다.

싹둑싹둑. 내 머리가 잘려나갔다. 뒷머리가 없으니 단출하니 가벼웠다. 의외로 커트 머리도 내게 잘 어울렸다. 이날 남편도 같은 미용실에서 머리를 짧게 잘랐다. 미용사는 날씨도 춥고 남편에게는 짧은 헤어스타일이 안 어울린다고 한사코 반대했지만 남편은 이렇게 말하며 나와 미용사를 감동하게 했다.

"제 머리카락이야 금방 자랄 거지만, 이 사람은 상당 시간 고생해야 하잖아요. 저도 그 시간만은 짧게 머리 자르고 함께하고 싶어요. 잘라주세요. 내가 괜찮다는데 뭘요."

나는 쇼트커트 헤어스타일에 빠르게 적응했다. '커트 머리를 왜 한 번도 안 해봤지? 너무 편하다. 머리 감기도 편하고 의외로 잘 어울리고~' 잘 지내다 항암 후 13일째 되던 날 탈모 징조가 보이기 시작했다. 손가락으로 살짝만 잡아당겨도 머리카락이 힘없이 쑥쑥 빠졌다.

"엄마, 탈모가 시작된 것 같아. 오늘부터 조금씩 빠지네…. 베개에 수건을 깔고 자야겠어요."

"그래? 100퍼센트라고 했잖아, 의사 선생님이. 치료 끝나면 다시 날 머리카락인데 뭐. 머리카락엔 신경 쓰지 말고 오로지 몸에만 신경 쓸 생각 해. 잘 먹고 치료 잘 받고 오로지 네 몸에만 신경 써."

"그래야지…"

친정어머니와 이런 대화를 나누고 잠자리에 누웠는데, 어디서 훌쩍훌쩍하는 소리가 들린다.

"민규야, 울고 있는 거야? 이불 뒤집어쓰고 뭐 하고 있어? 왜 울어. 엄마 머리카락 빠진다고 우는 거야? 아이고 내 새끼…. 울지 마. 엄마 머리카락 또 자라. 잘 치료받고 끝나면 또 나니까 울지 마.”

친정어머니가 아들 쪽을 향해 말한다. 친정어머니와 나의 대화를 듣고 있던 아들이 말없이 이불을 뒤집어쓰고 울고 있었다. 우는 아들 때문에 또 한 번 마음이 울컥했다. 엄마 머리카락을 만지며 자는 아들, 엄마에게 긴 머리 스타일 말고 단발머리가 어울릴 것 같다며 유난히 엄마의 헤어스타일에도 관심 많던 아들. 그런 아들에게 엄마의 머리카락이 몽땅 사라진다는 사실이 큰 상실감을 주는 모양이었다. 아들의 눈물에 나도 또 눈물이 나와 훌쩍이다 잠들었다.

이튿날 일어나 머리를 감는데, 머리카락이 우수수수 떨어졌다. 개수대에 빠진 머리카락을 모으니 한 움큼이었다. 기분이 묘했다.

첫 항암 뒤 지독한 변비와 속쓰림으로 보름 가까이 고생한 나는 2차 항암을 앞두고 양한방 통합병원에 입원하기로 했다. 친정어머니가 나를 집중해서 돌보느라 너무 지친 상태인데다 나 역시 너무 지쳐 의료진의 보살핌이 필요하다고 판단했다. 2박 3일 입원해 나는 면역치료 등을 받고, 친정어머니는 고향 집에 다녀오기로 했다. 아이들은 남편이 보살피기로 했다. 병원으로 가는 차 안에서 차창 밖을 보는데 말없이 눈물이 흘렀다.

"왜… 눈물이 나와? 머리카락도 빠지고 그러니 눈물이 나오는 거야?" 친정어머니가 조심스럽게 말한다.

"응…. 괜히 나도 모르게 눈물이 나오네. 오늘은 기분이 좀 다운되네."

"그럴 수 있지…. 머리카락은 또 나잖아. 치료에만 집중하자."

챙겨 온 짐들을 병실까지 옮겨주고 남편과 친정어머니는 용산역으로 향했다. "치료 잘 받고 뭐든지 잘 먹고 잘 생활해. 엄마 다녀올 때까지!" "응…. 걱정 마세요." 친정어머니를 꼭 껴안았다. 옆에 있던 남편도 꼭 껴안았다. "애들 밥도 잘 챙겨 먹이고, 아이들 잘 챙겨 여보." 남편이 나를 꼭 껴안아주는데 눈물이 주르륵 흘렀다. 내가 눈물을 보이자, 결혼 뒤 거의 우는 모습을 보이지 않던 남편이 눈시울을 붉히며 한쪽에서 훌쩍였다. 화장실에 다녀온 친정어머니가 울고 있는 우리 둘을 보자, 마음이 아픈지 발걸음을 재촉했다. "아이고~ 한 달도 아니고 1년도 아니고 2박 3일 헤어지는데 왜 울고들 난리여~. 안 서방, 얼른 가세."

남편과 친정어머니가 떠나자 슬픔과 상실감이 도착했다. 나는 또 울었다. 그런 날이 있다. 수도꼭지 틀어놓은 것처럼 눈물이 계속 나오는 날. 멈추고 싶어도 잘 멈춰지지 않는 그런 날. 머리카락이 뭐길래, 그렇게 눈물이 멈추지 않았던 걸까.

불가에서 스님들은 머리카락을 번뇌나 망상의 상징으로 본다. 그래서 출가를 할 땐 삭발을 한다. 그런데 당시 내겐 숭숭 빠지는 머리카락이 열정을 불태웠던 내 청춘의 상흔처럼 느껴졌다. 암 치료가 본격화됐다는 신호탄과 함께 앞으로 불가능한 게 많아질 것이라는 예고탄이 내 앞에 떨어진 것 같았다. 내 눈물을 안타까워할 이도, 약한 모습을 보여주고 싶지 않은 아이들도 없는 병실에서 그날 나는 실컷 울었다. 슬픔을 실컷 토해 눈물의 파도로 번뇌·집착·미련·애착을 모두 삼켜버리겠다는 태세로.

한바탕 마음에 태풍이 휩쓸고 지나간 것 때문이었을까. 태풍이 지나고 난 하늘은 먼지 하나 없이 맑듯, 이튿날 내 마음의 날씨도 나쁘지 않았다. 오전에 치료를 받고, 오후에 병원을 나서 '무료 셰이빙'을 해준다는 미용실로 혼자 향했다. 민머리로 머리를 밀겠다고 하자 남편이 오기로 했다. 시간이 됐는데 어찌 된 일인지 소식이 없다.

"안녕하세요, 어떻게 해드릴까요?" 미용사가 물었다. 아직 머리카락이 많이 남아서인지 커트를 하러 온 줄 알았나 보다. "확 밀려고요." "전체 다 미신다는 거죠?" "네."

미용사는 금방 끝난다며 바리캉으로 뒷머리부터 머리카락을 밀었다. 진동 소리와 함께 머리카락이 잘려나갔다. 순식간에 그나마 두피에 남아 있던 머리카락이 사라졌다. 머리카락을 다 밀어가는데, 남편이 미용실에 도착했다.

"벌써 다 밀었어? 차가 좀 막혀 좀 늦었어."

"응. 예약 시간이 돼 왔어. 나 어때?"

"오~ 양선아. 그런데 이쁘다. 자, 사진 좀 찍자. 나 좀 봐봐. 괜찮아, 괜찮아. 머리 다 밀어도 이쁜데?"

"표정도 밝고 머리도 둥글둥글 예뻐서 환자분 예뻐요. 두 분 함께 기념사진 찍어드릴까요? 제가 찍어드릴 테니 한번 서보세요." 미용사가 옆에서 한마디 거든다.

남편과 나는 나란히 서서 사진을 찍었다. 기념할 만한

사진인지는 모르겠지만, '내 인생에 언제 이렇게 머리를 빡빡 밀어보겠는가'라는 생각을 하니 기념사진을 찍어놔야 할 것만 같았다. 남편은 사진을 몇 컷 찍더니 가족 단톡방에 내 사진을 올렸다. 아들과 딸, 친정어머니가 사진을 보고 부리나케 연락을 했다. 제일 먼저 전화가 온 건 아들이었다.

"엄마! 엄마 머리 잘랐어?" "응…. 민규야, 어때?" 내 머리카락 때문에 이불을 뒤집어쓰고 울었던 아들이다. 사진 보고 또 울지 않을까 걱정이 됐다. "어? 엄마 예쁜데? 더 이쁜 것 같아." "정말? 괜찮아?" "응. 의외로 괜찮아. 빡빡 민 게 예뻐." "민규가 그렇게 말해주니까 엄마 기분 좋다. 민규가 이쁘다고 하면 엄마는 아무렇지도 않아. 치료 끝나면 머리카락은 다 나는데 뭘. 민규도 엄마 머리카락 없다고 걱정하지 말고 조금만 기다려."

아들의 반응에 나도 남편이 공유한 사진을 용기 내 쳐다봤다. 환자복이 스님 옷 색깔과 비슷해서인지, 영락없이 비구니 같다. 얼굴도 동글동글, 머리 모양도 동글동글. 사진을 보고 있자니 웃음이 나온다. 보기 흉하지 않다. 사진을 보고 있는데 친정어머니 카톡이 온다. "오메~ 이쁘다(역시 엄마의 사랑은 바다보다 깊고 하늘보다 넓다)."

머리카락 빠진다고 울고불고하던 내가 불과 며칠 만에
또 머리카락 한 올도 걸치지 않은 내 두상을 보며 웃고 있
었다. 그런 생각을 하고 있던 찰나, 학원 다녀온 딸이 카톡
을 보내왔다.

"생각보다 예쁜데?"

"ㅋㅋㅋ 민지도? 그럼 성공! 헤헤.

엄마 머리가 둥글둥글해~

예전에 교련 수업에서 붕대 감기 시험 볼 때

친구들이 서로 엄마 머리로 하려고 했다니까~~

ㅋㅋㅋ"

"ㅋㅋㅋ 도라에몽 느낌＝약간 익숙 평온한 느낌(?)

안 이상한데?"

"하하 도라에몽?

민지 밥 맛있게 먹어~?"

창조적이고 독창적인 생각을 하는 내 딸 민지. 딸이 내 머리를 보고 '도라에몽'을 떠올린 순간, 나는 또 한 번 웃음을 터트리고 말았다. 도라에몽은 아이들과 내가 너무 좋아하는 캐릭터고, 그 사랑스러운 캐릭터를 떠올린 순간 심지어 기분이 좋아졌다. 도라에몽 사진을 찾아서 비교해보니, 정말로 도라에몽과 비슷한 느낌도 있었다(아니면 말고).

머리카락 빠지는 문제에 며칠 동안 부대끼면서 인생이 새옹지마라는 걸 새삼스레 느꼈다. 살다 보면 슬프고 힘든 일이 있다가도 또 웃을 일이 생기고 즐거운 일도 생긴다. 그래서 너무 슬퍼할 필요도 또 너무 기뻐할 필요도 없다는 생각이 들다가도, 또 기쁠 땐 제대로 기뻐하고 슬플 땐 제대로 슬퍼하는 게 맞는 것 아닌가라는 생각도 했다.

머리카락이 다 빠지면 그 상실감으로 힘들 것이라고 미리 걱정했는데 의외로 그렇진 않았다. 머리카락이 없으니 아침에 세수하고 머리 감는 시간이 너무 단축돼 편리했다. 머리를 말리거나 헤어스타일 고민할 필요 없이 비니 같은 모자만 쓰면 되니 간편했다. 또 기분 따라 가발로 헤어스타일을 손쉽게 바꿀 수 있어 재밌었다. 원래 나는 모자도 좋아하는데 다양한 색깔의 모자를 써보는 기회도 가질 수 있었다. 더운 여름엔 비니만 간편하게 쓰고 시원하게 보내고, 겨울엔 가발로 따뜻하고 다채롭게 보냈다. 다른 사람 시선 신경 쓰지 않고 '이것 또한 내가 누릴 수 있는 특별한 경험'이라고 생각하니 마냥 슬프지만은 않았다. 그렇게 1년을 보내고, 이제는 새롭게 움튼 머리카락을 보며 또 다른 기쁨과 재미를 느낀다. 항암제 공격으로 두피 세포들도 힘들었는지, 머리카락이 꼬불꼬불 자란다. 1년 만에 미용실을 찾아 제멋대로 자란 뒷머리와 옆머리를 다듬었다. 그리고 가발과 모자를 벗어던지고 산책에 나섰다. 상쾌하고 통쾌했다. "겨울을 견디기 위해 잎들을 떨구었던" 나무들이 "더 크고 무성한 훗날의 축복"(이재무, 〈가을 나무로 서서〉, 《몸에 피는 꽃》, 창비, 1996)을 예고하며 내게 반갑게 인사했다. 봄이 오고 있다.

호중구 수치가

내 뒤통수를 후려쳤다

도대체 호중구가 뭐야? 호중구. 혈액 검사지에서 에이엔시ANC로 표기되는, 처음 들었을 땐 너무 낯설었지만 항암을 하는 내내 귀가 닳도록 듣게 되는 이 단어에 대한 얘기다(가수 김호중과는 전혀 관련이 없다).

국립암센터 암용어사전을 찾아보니 "호중구는 백혈구의 한 종류로, 감염이 있을 때 균과 싸우는 일을 한다." 우리 핏속에 적혈구, 백혈구, 혈소판이라는 성분이 있고, 적혈구는 산소 운반, 백혈구는 면역 기능, 혈소판은 지혈 기능을 담당한다는 것 정도는 나도 상식으로 알고 있었다.

그러나 면역을 담당하는 백혈구 세포가 과립구, 림프구, 대식세포 세 종류로 나뉘며, 과립구의 약 95퍼센트가 호중구로 구성돼 있다는 사실은 암 치료 중 백혈구에 대해 공부하면서 알게 됐다. 호중구 수는 감염, 염증, 백혈병, 항암제 등으로 변화할 수 있으며 호중구 수치가 낮으면 감염 위험성이 높아지고, 수치가 500 미만일 경우 위험성이 특히 더 높아진다고 했다.

"양선아 님, 호중구 수치가 180이 나왔어요. 지금부터 병실에서 그대로 계셔야 합니다. 감염이라도 되면 큰일 납니다. 침상에서도 마스크를 쓰시고, 오늘 예정된 치료는 모두 취소됩니다. 오늘은 무조건 안정을 취하세요. 다른 검사 결과까지 나오면 상담할게요."

오전 10시 반께 호중구 수치가 확인되자마자 담당 의사가 약간 상기된 표정으로 병실로 달려와 내게 말했다. 1차 항암으로 보름 정도를 고생한 뒤 고주파 온열요법과 면역력 보강을 위해 암 치료 전문 한방병원(한방병원이지만 양·한방 통합치료 가능)에 입원한 날이었다. 오전 6시, 서투른 간호사가 혈관을 터트리며 피를 뽑더니 혈액검사 결과도 내 뒤통수를 후려친 것이다.

"네? 180이요? 5일 전, 본 병원에서 호중구 수치는 1501 이었고, 의사도 더는 내려가지 않을 것이라고 했는데요?"

"그럴 수 있어요. 일단 모든 검사 결과가 나오면 다시 설명해드릴게요. 어디 가시면 안 되니 달려와서 말씀드리는 겁니다. 무조건 안정을 취하세요."

병원에 들어오자마자 소변검사와 피검사를 했다. 소변을 너무 자주 보니 방광염이 걱정돼 소변검사를 했고, 간 수치나 호중구 수치 등을 의사가 확인해야 한다며 피검사를 했다. 불과 5일 전만 해도 본 병원에서 호중구 수치가 1501이 나와 '백혈구 촉진 주사'를 맞지 않아도 된다고 좋아했던 나였다. 의사들이 제시하는 호중구 정상수치는 1800~7000인데, 항암을 할 땐 1000~1500 정도를 마지노 선으로 본다. 다행히 내 호중구 수치는 1000 밑으로는 떨어지지 않아 안도의 한숨을 쉰 직후였다. 그런데 이게 웬 날벼락이란 말인가.

"보통 항암 주사를 맞고 7~10일이 지나면 호중구 수치가 최저치를 기록해요. 그래서 본 병원에서도 그 시기에 맞춰 피검사를 한 것이고, 그때 양선아 님 수치는 괜찮았던 것입니다. 그런데 다른 분과 다르게 양선아 님은 보름 정도 지나서 최저치를 기록하고 있는 거죠. 이게 패턴인지 잘 관찰할 필요가 있고, 앞으로 항암 하면서 이 부분 예의주시하고 대처를 잘 해나가면 됩니다. 오늘 백혈구 촉진 주사를 맞고 내일 다시 피검사를 할 거예요. 너무 걱정하지 마세요. 마음 편하게 가지시고 오늘은 무조건 안정을 취하세요. 촉진제 주사를 맞으면, 으슬으슬 몸살기가 있을 수도 있고 열이 날 수도 있고 몸이 뻑적지근할 수도 있는데요. 그런 증세가 있으면 바로 말씀하시면 약 드릴 테니 걱정하지 마시고요."

차분하고 상세하게 설명해주는 의사 앞에서 나는 믿을 수 없다는 표정으로 멍하니 컴퓨터 모니터 화면을 바라보고 있었다. 항암 전 4700이었던 내 호중구 수치가 항암 후 열흘이 지나 1501로 떨어지더니 보름이 된 날엔 180까지 떨어진 것이다.

"선생님, 혹시 제 혈액과 다른 사람 혈액이 바뀐 것은 아니죠? 어떻게 5일 만에 이렇게 형편없게 수치가 떨어질 수 있을까요? 지난 5일 동안 전 백혈구 수치 올리겠다고 매끼 장어에 오리고기에 소고기까지 단백질 섭취 집중적으로 했거든요. 닭발즙도 좋다고 해서 먹었고요. 그런데 이렇게까지 떨어지는 게 이해가 안 돼요. 열이 나거나 특별히 증상이 있지도 않았거든요." 나는 의사에게 따지듯이 물었다.

"오늘 병동에서 피검사는 양선아 님뿐이었어요. 그래서 바뀔 혈액도 없고요. 양선아 님 수치 맞아요. 항암제가 골수 기능을 파괴하기 때문에 직접적인 원인은 항암제죠. 먹는 것도 중요하지만, 그것만으로도 안 오르는 분 있어요. 내 골수 기능이 이 정도구나 알고 계시고 대처하면 됩니다. 일단 감염 위험을 차단하고, 촉진제를 맞아 대처하면 됩니다. 병원에 오시길 정말 잘했네요. 항암 스케줄 밀릴 뻔했어요."

병원에 오지 않았다면, 중간검사 결과만 믿다 정작 항암 당일에 백혈구 수치가 낮아 항암제를 맞지 못할 뻔했다. 불행 중 다행이라는 생각도 들었다. 그러나 그렇게 전투하듯 먹었는데 호중구 수치가 바닥이라는 것에 배신감이 들었고, 예측 불가능하고 통제 불가능한 상황에 또 한 번 마음이 무너졌다.

머리카락이 숭덩숭덩 빠져 비가 내렸던 마음에 호중구

수치 결과로 또 한 번 소낙비가 내렸다. 격리된 병실에서 나는 울고 또 울었다. 의사를 봐도, 남편을 봐도, 엄마 전화를 받아도, 후배 전화를 받아도 눈물만 나왔다.

본 병원 의사와 면담 시간은 길어봐야 5분이지만 한방병원에서는 의사 면담을 30분 넘게 한다. 의사는 내가 궁금한 부분에 대해 최대한 자세하게 설명해줬다. 비급여 항목 치료가 많아 치료비가 비싼 만큼 암 치료 전문 한방병원 의사들이 제공하는 서비스의 질은 높은 편이다. 담당한의사는 상담 중 내가 눈물을 보이자 충분히 울 수 있도록 가만히 기다려주었다. 의사는 또 "지금은 울지만 백혈구 촉진제 맞으면 호중구 수치도 오르고, 언제 그랬냐는 듯이 예쁜 비니 없나 하고 인터넷 검색하는 자신의 모습을 맞이하실 거예요"라고 말해주는가 하면, 격리된 병실에서 후배가 보내준 책을 읽고 있는 내게 "봐요, 이렇게 응원하는 사람들도 많은데 힘내셔야죠"라며 격려해주었다. 환자의 마음에 공감하는 의사가 건네는 따뜻한 말 한마디가 내게는 '보약'이고 '치료제'였다.

걸을 힘만 있으면 걷자고 생각했던 나는 어떻게든 몸을 움직여 신체 기능을 활성화해 항암을 이기려 했는데, 호중구 수치가 바닥을 보이면서 꼼짝없이 침대에 누워 있어야 했다. 백혈구 촉진제를 맞으니 몸이 사방팔방으로 아팠다.

쾅쾅쾅, 누군가 내 몸 곳곳을 망치로 두드리고 대못을 박는 것 같았다. 근육통이 너무 심해 쌍화탕을 처방받아 한 봉지 먹고 밤 9시부터 불을 끄고 침대에 누웠다. 잠을 청했지만, 통증이 심해 잠을 잘 수 없었다. 욱신욱신한 통증을 잊으려고 책을 펼쳤다. 침대 머리맡에는 신앙심 깊고 내 신앙의 인도자가 되어준 후배 제이(별칭)가 병원으로 보내준 존 파이퍼 목사의 《존 파이퍼의 병상의 은혜》(두란노, 2016)가 있었다. 유방암 3기였던 구필 화가 조니 에릭슨 타다가 추천의 글을 통해 이렇게 말했다.

"환우 여러분, 존 파이퍼 목사님이 말하는 것처럼 부디 여러분의 고난을 낭비하지 마세요."

"고난을 낭비하지 말라"라는 구절을 읽는 순간 퍼뜩 정신이 들었다. 내게 온 이 고통이 '위험한 기회'이고, 이 고난을 고난으로만 받아들이지 않겠다고 다짐했던 나였다. 그런데 어느새 호중구 수치 하나에 나는 나약해져 있었고, 고난 그 자체에만 매달려 내 고난을 낭비하고 있었다. 조니 에릭슨 타다는 "병원은 감옥이 아니라 영혼을 단련하고 건강하게 하는 단련장"이라고 단언했다. 존 파이퍼 목사도 "지금의 아픔과 고통의 시간은 영원히 지속될 치유를 이루어내는 중"이라고 말했다. 책을 읽으면서 내가 이곳을 어떻게 규정하고 어떤 태도로 다루느냐에 따라 이 시간도 달라질 수 있겠다는 생각을 했다. 마음가짐을 고쳐먹기로 했지만, 통증은 계속됐다. 자정께, 도저히 참지 못해 간호사실로 향했다.

"타이레놀 한 알만 주세요. 근육통이 장난이 아니네요."

"열 먼저 재볼게요. 어? 37.8도네요. 타이레놀이 해열진통제이니 드시고 1시간 있다가 다시 열 잴게요."

타이레놀을 먹고 시간이 지나니 통증이 좀 가셨다. 1시간 뒤 간호사가 와 열을 재니 37.6도다. 통증이 가시고 언뜻 잠들었던 모양이다. 새벽 3시께 잠을 깼는데 베개며 옷이며 침대보며 다 축축하다. 식은땀을 뻘뻘 흘리며 잠을 잤다. 화장실에 다녀와 간호사실에 가 다시 체온을 재보니 열이 뚝 떨어졌다.

"36.9도네요. 열이 내리면서 땀을 많이 흘리셨을 거예요. 갈아입을 옷 드리고 침대보도 갈아드릴게요."

축축하고 땀 냄새 나는 옷을 벗고 바삭거리는 면 옷을 입으니 한결 기분이 상쾌했다. 목이 말라 물 500밀리리터를 벌컥벌컥 들이켰다. 열도 내렸으니 다시 잠을 청했으나 잠이 오지 않았다. 《존 파이퍼의 병상의 은혜》를 마저 다 읽고 간절히 기도했다. 호중구 수치도 오르고 감당할 수 있는 고통만 내게 달라고, 이 고통을 낭비하지 않게 해달라고.

"선생님, 호중구 수치 결과 나왔어요?" 백혈구 촉진제 주사를 맞은 다음 날, 간호사에게 조심스럽게 물었다.

"양선아 님 호중구 수치는 6560 나왔네요."

"네? 6560이요?" 나는 놀란 토끼처럼 눈을 동그랗게 뜨고 간호사를 바라보며 재차 물었다.

"정말이요? 하루 만에 550대에서 이렇게 6500대로 뛸 수 있는 건가요?"

"네, 그런 경우도 있더라고요. 환자마다 개인차가 커요."

"우와 이건 혁명적 수치인데요. 어제 그렇게 아프더니 이렇게 수치 올리려고 그랬나 봐요. 어젯밤 정말 온몸이 욱신욱신하고 식은땀을 너무 많이 흘려 침대보를 적실 정도였거든요. 고생한 보람은 있네요."

나는 6560이라는 수치를 듣고 헤벌레 웃었다. 이런 롤러코스터 인생이라니! 호중구 수치 하나에 울고 웃고, 지옥과 천당을 오간 며칠이었다. 이후 나는 여덟 번의 항암을 하면서 매번 백혈구 촉진제를 맞았다. 백혈구 촉진제가 없었다면 아마도 내 항암 스케줄은 계속 미뤄졌으리라. 환자에게는 죽느냐 사느냐의 문제이므로 백혈구 촉진제 같은 기막힌 약물을 개발해낸 연구진과 제약사에 경의를 표한다.

항암이 끝난 지금도 나는 정기적으로 혈액검사를 통해 백혈구 수치를 확인한다. 그만큼 면역이 중요하기 때문이다. 면역학의 권위자인 아보 도오루 교수에 따르면, 성인의 경우 백혈구가 5000~6000개, 백혈구 중 림프구가 차지하는 비율이 35~40퍼센트면 면역력이 최적의 상태라고 한다. 한편, 백혈구가 4000개 이하, 림프구의 비율이 30퍼센트 미만이면 면역력이 떨어져 있는 것으로 봐야 한다고 말한다. 혈액검사할 때마다 내 백혈구와 호중구, 림프구 수치 등을 확인하면 비교적 안정적으로 기준치에 맞는 수치를 유지 중이다. 꾸준히 면역력을 높이려는 다양한 시도를 한 결과라고 생각한다.

차라리 낄낄거리며

두렵지 않고 걱정이 없었다면 새빨간 거짓말이다. 항암
주사를 맞고 온갖 부작용을 경험하고 나니, 2차 항암 날짜
가 성큼성큼 다가오는 게 무서웠다. 혹시라도 호중구 수치
가 낮아지면 어쩌지, 항암이 밀리면 어쩌지, 부작용은 또
어떻게 감당하지 하며 걱정을 사서 했다. 돌이켜 생각해보
면, 호중구 수치는 백혈구 촉진제만 믿고 마음을 탁 내려
놓으면 되고, 부작용이 나타나는 양상은 항상 같지 않으니
그때그때 대처하면 될 일이었다. 그때는 왜 그리 애면글면
했는지 모르겠다.

가족들에겐 태연한 척했지만, 2차 항암 하는 날 나도 모르게 긴장이 됐다. 손에는 땀이 났고, 심장은 두근거렸다. 그러나 운 좋게도 그런 나의 긴장을 봄눈 녹듯 사라지게 만들어주는 이들이 존재했다.

　종양내과 진료를 보기 90분 전 병원에 도착했다. 피검사를 하고 흉부 엑스선을 찍기 위해서다. 채혈실에 먼저 들렀는데, 능수능란하게 채혈하는 담당자가 내 번호를 불렀다. 채혈 담당자들의 실력은 대체로 비슷하지만, 유독 바늘이 들어가는지 모르게 주사를 잘 놓는 사람이 있다. 내가 '그분'에게 딱 걸린 것이다. 속으로 '야호~' 쾌재를 부르며 소매를 걷고 의자에 앉았다. "선생님~ 따봉~ 따봉~." 친정어머니는 '그분'의 빠르고 정확한 손놀림에 엄지손가락을 세우며 감탄사를 쏟아냈다. 나도 "선생님 정말 최고예요. 어쩌면 이렇게 안 아프게 피를 잘 뽑으세요. 환자들은 피만 잘 뽑아도 감사하답니다"라며 꾸벅 인사했다. 피검사를 순조롭게 끝내니 그날 일이 잘 풀릴 것 같은 느낌이 들었다.

　병원 오기 전에도 기분 좋은 일은 있었다. 유머 감각이 있고 나를 따뜻한 시선으로 바라봐주는 선배 몽덕맘(별칭)

이 아침 일찍부터 카카오톡 메시지를 보냈다.

"선아야 오늘 2차 항암 날이지? 오늘 가톨릭에선 모든 아픈 사람들을 위해 기도하는 날이야. 매년 오늘 성모님이 오신대. 오늘 너랑 같이 계실 거야. 우리 선아! 몽덕이(반려견 이름)가 응원한다고 짖는다."

말의 힘이 얼마나 센지 나는 암 진단을 받고 나서 실감했다. 그날 아침 선배의 그 한마디가 얼마나 힘이 됐는지 모른다. 선배에게 빡빡 민 내 민머리 사진을 보여주니 선배는 "자꾸 만져보고 싶은 두상"이라며 '빡빡머리 안 해봤음 억울할 뻔했다'며 웃었다. 나는 '나중에 만져볼 특권을 드리겠다'고 응수했다. 선배와의 대화로 긴장감이 풀렸고, 내 가슴은 온기로 가득 찼다. 또 교회 부목사님께서 응원의 문자 메시지를 보내주셨다. "두려워하지 말라. 내가 너와 함께함이라. 놀라지 말라. 나는 네 하나님이 됨이라. 내가 너를 굳세게 하리라. 참으로 너를 도와주리라. 참으로 나의 의로운 오른손으로 너를 붙들리라(사 41:10). 선아 성도님, 항암 2차 치료, 힘든 과정 잘 이겨낼 줄로 믿고 응원합니다. 힘내십시오."

두려운 마음이 있었는데, 그 마음을 어떻게 알고 '두려워 말라'고 '정밀 드론 타깃' 메시지를 보내셨을까. 전혀 교회 다닐 것처럼 보이지 않던 동기 영세(별칭)씨도 메시지를 보냈다. "선아씨, 힘든 항암치료 씩씩하게 견디고 건강한 모습으로 만나요. 나이롱 집사지만 교회 갈 때마다 기도할게요." 피식 또 한 번 웃었다.

항암치료를 받는 그 시간은 지독하게 외롭다. 독한 항암제를 혈관 속으로 주입해 암세포를 박멸하는 일은 그 누구도 대신해줄 수 없고 온전히 나 혼자 감당해야 한다. 그렇지만 그 외로운 터널로 들어가기 전, 여러 사람이 내게 건네준 따뜻한 말, 응원의 말은 내 곁을 단단하게 지켰다. 말들은 살아 움직여 나를 일으켜 세웠고, 나는 그 말을 방패 삼아 암세포와 싸울 마음의 태세를 갖췄다.

"6811번 들어오세요(병원에서는 당일 접수 번호를 배부해주고, 접수 번호로 호명을 한다)."

나는 수첩과 볼펜을 들고 친정어머니와 함께 진료실로 들어갔다. 대학병원 진료를 계속 받다 보니 진료 때 나만의 요령이 생겼다. 그것은 바로 바쁜 교수들과 효율적인 의사소통을 하기 위해, 마치 기자가 취재원을 만날 때처럼 철저하게 준비하는 것이다. 수많은 인터뷰 경험이 있는 나조차도 진료실 의자에 앉으면 이상하게 머리가 '멍'해지면서 의사에게 꼭 물어봐야 할 것들을 놓치는 경우가 다반사였기 때문이다.

철저한 준비를 위해 1차 항암 후 나는 노트를 한 권 마련했다. 내 몸 상태를 꼼꼼하게 기록하기 위해서다. 노트에는 기상 시간과 취침 시간, 소변과 대변 본 시간, 물 먹는 양과 횟수, 체온, 식사 시간과 양, 속쓰림 등 부작용 양상 및 그날그날의 기분 상태 등을 기록했다.

의무기록지를 떼서 내 암에 대한 정보도 다시 명확하게 파악했다. 내가 아는 어떤 환자는 의사에게 '암이 복막까지 전이됐다'고 듣고 절망에 빠졌다가 나중에 의무기록지를 보고 "복막 뒤 깊숙이 있는 림프절에 전이가 된 것이지 복막 전이는 아니"라는 사실을 알게 된 경우도 있다. 따라서 의무기록지, 특히 조직검사지를 떼서 내 암에 대한 정보를 정확히 파악해둬야 의료진과 의사소통할 때 착오가 줄어든다. 유방암의 경우 카카오톡 채널에서 '나의 유방암 비서, 나비NABI'를 검색해 채널을 추가하고 조직검사 기록지 사진을 보내면 무료로 알기 쉽게 번역해주니 도움이 된다.

병원에 가기 전날엔 3주 동안의 기록과 의무기록지 등을 다시 훑어보면서 의사의 예상 질문을 뽑고, 압축적이고 간결하게 그동안의 내 몸 상태를 설명할 수 있도록 정리했다. 그리고 내가 반드시 의사에게 물어보고 싶은 질문 목록을 미리 작성했다. 2차 항암에 들어가기 전 준비해간 질문에 대한 의사와의 질의응답 내용은 다음과 같았다.

1. 보통 다른 환우들은 7~10일째 호중구 수치가 떨어진다. 지난번 중간 검진 때도 호중구 수치가 1501로 기준치 이하로 떨어지지 않았다. 그런데 집에서 지내다 너무 몸이 지쳐 요양병원에 갔는데, 15일째 되는 날 피검사에서 호중구 수치가 180으로 떨어졌다. 촉진제 주사를 두 번 맞자, 호중구 수치는 6560으로 올랐다. 유방암 카페에서 보니 호중구 수치를 올리는 데 닭발곰탕이 효과가 좋다고 해서 먹고 있다. 끼니마다 단백질도 열심히 챙겨 먹는다. 그런 노력을 하면 호중구 수치가 안 내려가나?

   ▷ 의사 답: 백혈구 수치 180 나온 결과지 가져오면, 항암주사

맞고 다음 날 촉진제 맞을 수 있다. 수치가 500 이하이면 보험 처리가 된다. 촉진제를 맞는 것이 호중구 안 내려가는 방법이다. 닭발곰탕은 먹어도 되는데, 근거가 있거나 그런 것은 아니다. 그것은 환자가 먹고 싶으면 먹고 만약 안 맞는다면 안 먹어도 된다.

2. 자연치유 전문가가 항암 후 3시간 뒤 녹두죽을 먹으면 독소가 빨리 빠진다고 한다. 그런데 친정어머니는 녹두죽이 해독 작용을 하니까 동시에 항암제의 효과를 떨어뜨릴까 봐 걱정하신다. 녹두죽을 먹어도 괜찮나?

▷ 의사 답: 녹두죽 먹어도 상관없다. 앞엣것도 아니고, 뒤엣것도 아니다. 맛있으면 먹고 맛없으면 먹지 말고 그게 정답이다. 항암 땐 잘 먹어야 한다.

3. 항암 이후 물 2리터 이상을 먹으라고 해서 평소보다 물을 많이 먹는다. 그런데 그 부작용으로 밤에 새벽 2시, 3시, 5시 이런 식으로 잠에서 깨서 소변을 본다. 지난번에 혹시 방광염이 아닐까 싶어 소변검사를 부탁드렸다. 그 결과는 어떻고, 잠의 질이 현격하게 떨어졌는

데 방법은 없나?

▷ 의사 답: 물을 하루의 맨 마지막에 언제 먹나? 물 많이 먹으니 물 많이 나오는 것 당연하다. 소변검사 결과 보니 전해질이 없는 물이 소변에서 많이 나왔다. 물이 많이 들어가면 들어갈수록 물이 많이 나와서 악순환이 될 수 있다. 심해지면 요붕증이 될 수 있으니 물의 양도 조절할 필요가 있겠다. 목마른 것을 억지로 참을 필요는 없지만, 저녁 6시 이후로는 목마르지 않을 정도만 먹어라.

4. 지난번 1차 항암 뒤 위쓰림 증세가 심해 소화기내과에서 약을 처방받아 먹은 지 3주 이상 됐다. 그 약을 먹으니 위쓰림 증세는 현격하게 줄어들었는데, 계속 먹어도 되는지 궁금하다.

▷ 의사 답: 소화기내과 선생님이 15주치를 주셨으니 계속 먹어도 상관없는데, 2차 항암 하고 속쓰림이 덜하다 싶으면 끊었다가 증상이 나타나면 다시 먹어도 된다.

대학병원 진료실에서 의사와 대화할 수 있는 시간은 넉넉히 잡아도 5분이다. 그것보다 더 짧을 때도 있다. 만반의 준비를 했더니 그 짧은 시간에 궁금했던 것들을 다 물어보고 나왔다. 만족스러웠다.

진료를 위한 대비뿐만 아니라 항암 주사를 맞는 시간도 내 나름대로 준비했다. 첫 항암의 경험을 해본 나는 2차 항암 주사를 맞을 때 어떻게 하면 스트레스를 덜 받으면서 주사를 맞을 수 있을까 궁리했다. 어차피 인생에서 고통은 피할 수 없다. 피할 수 없으면 즐기라고 했고, 삶이 내게 쓴 레몬을 준다면 가만히 앉아 쓴 레몬을 먹기보다 달콤한 레모네이드를 만들라고 했다. 어차피 항암 주사는 맞아야 하지만, 아픔·고통·두려움·외로움 등을 덜 느낄 수 있는 방법을 나는 찾아야 했다. 그때 딱 떠오른 것이 재밌는 동영상이었다. 호중구 수치가 떨어져 병실에 혼자 격리돼 꼼짝 못 하고 있을 때, 날 구원해준 것은 책과 텔레비전이었다. 텔레비전을 평소에 많이 보지 않는 편인데, 요양병원에서 우연히 본 〈아는 형님〉이라는 예능 프로그램이 그 우울한 순간에 얼마나 비타민과 같은 구실을 하던지! 2차 항암 주사를 맞으러 가기 전날, 나는 남편에게 부탁을 했다.

"여보, 〈아는 형님〉 중에서 제일 재밌는 것으로 두 편만 다운로드받아서 태블릿에 저장해주라."

"응, 그래. 혹시 〈SKY 캐슬〉 편 봤어? 엄청 재밌는데."

"아니. 안 봤어. 나 그거 다운로드해줘. 항암 할 때 그거 볼래."

항암 주사를 맞으면서 태블릿을 펼쳐 〈아는 형님〉을 보았다. 얼마나 재밌던지 낄낄거리며 주사를 맞았다. 다들 눈을 감고 시체처럼 널브러져 있는데, 나 혼자만 낄낄대며 주사를 맞고 있었다. 1시간 20분 정도 '빨간 약' 항암제, AC를 맞는데 어떻게 시간이 흘러가는지 모르게 지나갔다. 주사를 다 맞았는데도, 많이 웃어서인지 1차 때보다 덜 힘들었다. 순조롭게 2차 항암 주사를 맞고 집에 돌아왔다. 1차 땐 차에서부터 멀미 증세가 심했고, 저녁 식사하고 난 뒤 거의 해롱해롱 상태로 몸을 가누지 못했다. 2차 항암 땐 멀미 증세가 1차 때보다 덜했다. 1차 땐 와인과 막걸리, 소주, 맥주를 섞어 마시고 오바이트하기 바로 직전의 상태였다면, 2차 땐 멀미약을 먹지 않고 시골로 가는 버스를 오래 타서 머리가 지끈지끈하고 멍한 느낌 정도의 고통이 느껴졌다. 그래도 웃으면서 항암 주사를 맞을 수 있어 감사했고, 1차 때보다 덜 힘들어 몸을 내 뜻대로 가눌 수 있어 고마웠다. 집에 돌아와 항암제가 내 몸속에 들어가 열심히 암세포들을 없애고 있는 상상을 했다. '벌써 전체 항암 가운데 4분의 1을 끝냈어'라는 생각을 하니 저녁 바람이 상쾌하게 느껴졌다.

내 꿈은 인생을 즐기는

▶

할머니가 되는 것

2020년 3월도 여느 3월만큼 찬란했을 것이다. 햇볕은 따사롭고 노랑, 빨강, 분홍, 보라 형형색색의 꽃들이 자신만의 자태를 한껏 뽐내며 내게 말을 걸었을 것이다. 안양천의 숭어들은 펄떡이며 그 생명력을 과시했을 것이고, 이름 모를 새들은 지지배배 지저귀며 봄이라고 호들갑을 떨었을 것이다. 그러나 내 기억 속에 저장된 2020년 3월은 우중충한 회색 또는 피카소의 청색 시대 작품에서나 발견할 수 있는 잿빛 청색으로 그려진다. 암은 '나의 2020년 봄'을 빼앗았고, 이 시기 나는 우울하고 음울하고 슬프고 힘겨웠다.

2020년 3월엔 3차, 4차 항암이 진행됐다. 2차 항암 직후부터 나는 또 다른 차원의 부작용에 시달렸다. 1차 항암 후 가장 괴로워했던 변비 증세와 위쓰림 증상에 대한 대처 방안을 찾아 안도의 한숨을 쉬었지만, 또 다른 부작용들이 나타나기 시작했다. 가장 두드러지는 부작용은 입맛 변화였다. 항암 직후엔 혀에 하얗게 설태가 끼었다. 죽염으로 입과 목을 열심히 헹군 탓인지 구내염은 오지 않아 음식물을 입에 넣을 수는 있었다. 그러나 항암 전 그렇게 맛있게 먹던 전복죽도, 채소 샐러드도, 나물도 도통 입에 들어가지 않았다.

항암 뒤 음식 고유의 맛은 어디론가 사라졌다. 세상에서 제일 맛없는 음식을 얼마나 잘 먹는지 고문하겠다는 듯 세 끼 밥상은 꼬박꼬박 내 앞에 놓였다. 배 속에 바람을 잔뜩 넣은 풍선을 집어넣은 것처럼 헛배가 불렀다. '먹어야 산다'는 말을 주문처럼 되뇌며 젓가락을 들고 반찬들을 입속에 억지로 밀어 넣었지만 음식은 입에 잘 들어가지 않았다.

"그래, 내 입이 너희 집 쓰레기통이다. 네가 안 먹으면 나라도 먹어 치워야지."

우걱우걱. 친정엄마는 내가 남긴 음식들을 마치 시위라도 하듯 꾸역꾸역 입에 털어 넣었다. 고향에서 사업을 하다 지난해 식당을 차리려고 했던 엄마는 모든 계획을 접고 서울에서 나와 생활하게 됐다. 엄마는 끼니마다 정성스레 콩나물, 시금치, 달래, 취나물 등 각종 다양한 나물을 무쳤다. 버섯이 암 환자에게 좋다며 다양한 버섯을 볶거나 데쳐서 접시에 내놓았고, 조갯국, 미역국, 된장국, 콩나물국 등 국도 끼니마다 다르게 끓였다. 비싼 전복이나 낙지, 소고기를 구해 요리도 해주었다. 많은 시간과 에너지를 들여 음식을 차리는데 남는 음식이 늘어나자 엄마의 스트레스 지수도 점점 올라갔다. 어느 순간부터 엄마의 얼굴이 딱딱하게 굳어지면서 화가 잔뜩 나 있는 표정이 됐다. 내 앞에 앉아 화난 얼굴로 음식을 입속에 구겨 넣는 엄마의 모습을 볼 때마다 내 마음은 불편했다. 맛을 느끼며 음식을 먹을 수 있는 일이 얼마나 큰 축복인지, 또 의무감만으로 음식을 먹어야 한다는 사실이 얼마나 괴로운지 그때 알게 됐다.

"네가 엄마가 해주는 밥도 못 먹고 살아서 이런 병이 왔나 봐. 이제라도 엄마가 해주는 밥 실컷 먹으라고 이런 병이 왔는지도 모르겠어. 그러니까 맛있게 먹어. 무조건 잘 먹어야 이길 수 있다니까. 제발."

화를 내며 협박해서 내게 음식을 먹여보겠다는 전략이 안 통하면, 친정엄마는 '연민과 동정, 위로'의 전략을 선택했다. 내가 어렸을 때 이혼을 한 엄마는 세 살이 된 나를 큰이모에게 맡기고 타지에서 돈을 벌었다. 어린 나는 큰이모를 엄마라고 생각하며 컸는데, 큰이모 역시 내가 중학생이 되었을 때 가정 폭행과 외도를 일삼는 이모부와 이혼을 했다. 이모는 내가 고등학교에 입학할 무렵 재혼을 했다. 나는 어떠어떠한 경로를 거쳐 외할머니와 단둘이 단칸방에서 생활하게 됐다. 음식 솜씨가 좋았다는 외할머니는 돈이 궁했는지 참치 통조림과 김을 주 반찬으로 내주었다. 서럽고 힘든 날들이 이어졌다. 내게 던져진 삶의 무게가 너무 무거워 생을 그만두고 싶다는 생각을 한 적도 있었다. 이를 꽉 물고 그 시기를 통과했고, 삶의 고비를 넘겨 최근엔 내가 꿈꾸던 삶에 가깝게 생활하고 있던 차였다. '이제 좀 살 만하다' 싶을 때 암 진단을 받았고, 억울해서라도 나는 이 험난한 '항암의 산山'을 잘 넘어야 했다. 내게 찾아온 행복과 안정감을 제대로 누리고 싶다는 마음이 간절했다.

엄마가 미안함을 내비칠 때면 청승맞게 눈물이 나왔다. 엄마가 해주는 밥을 실컷 먹지 못한 '어린 시절의 나'에게 연민을 느낀 것인지, 평생 나 때문에 고생만 한 엄마가 또 나 때문에 안 느껴도 될 죄책감까지 느껴 슬펐는지, 나도 눈물이 나오는 정확한 이유를 알 수는 없었다. 그땐 음식을 앞에 놓고 많이 울었다. 엄마의 사랑 한 대접에 눈물 세 스푼, 한숨 한 스푼이 들어간 그 음식들을 앞에 놓고 나는 내가 발휘할 수 있는 의지력을 최대한 발휘해 숟가락을 들었다.

"아무거나 먹고 싶은 거 무조건 먹으라고 의사 선생님이 그랬잖아. 사 먹어도 괜찮으니까 뭐라도 먹고 싶은 거 생각해봐. 뭐 먹고 싶은 것 없어? 너 좋아하는 그 뭐냐, 스파게티 그런 거라도 먹어볼래?"

협박도 동정도 안 통하는 날이면, 엄마가 내놓은 마지막 카드는 '사 먹어도 좋으니 뭐라도 먹자'였다. 암 진단 뒤 철저한 식단 관리를 위해 외식도 하지 않았고 라면이나 치킨, 피자 등은 우리 집 식탁에 자주 오르지 않았다.

"음… 오랜만에 비빔라면 한번 먹어볼까요? 시고 단 것 먹으면 입맛이 좀 살아나려나?"

"그래, 낮에 비빔라면 먹어보자. 오이랑 당근이랑 송송 썰어서 올려줄게."

엄마가 각종 채소를 듬뿍 얹어 먹음직스러운 비빔라면을 만들어주셨다. 군침이 돌았다. 새콤달콤한 비빔라면을 먹으면 집 나간 입맛이 돌아올 것만 같은 기대감이 있었다. 그런데 이게 웬일인가. 한 젓가락 넣는 순간, 하…. 내가 먹던 그 맛이 아니다. '왜 신맛, 단맛, 짠맛 이런 게 안 느껴지는 거지? 아…. 왜 그 맛이 아닌 거지?'

라면의 그 감칠맛이 느껴지지 않았다. 맨밥보다는 뭔가 맛이 있지만, 내가 먹던, 알고 있던 그 맛이 아니었다. 라면을 맛있게 먹던 그 시간이 사무치게 그리워졌다. 행복은 정말 멀리 있지 않았다. 배가 출출할 때 꼬들꼬들한 라면 면발을 호호 불며 후루룩후루룩 먹을 수 있었던 그 시간, '그것도 행복한 시간이었구나' 하고 나는 아쉬워했다. 먹고 싶던 맛은 아니었지만 맨밥보다는 맛이 느껴져 그날은 비빔라면을 다 먹었다.

음식 맛 자체를 잘 못 느끼니 신맛을 찾게 됐다. 김치도 푹 익힌 신 김치만 찾게 됐고, 시원한 동치미 국물도 그나

마 먹는 음식이었다. 하루는 엄마가 새콤달콤하게 오이를 무쳐 내게 간을 보라고 했다. 간을 보는데 전혀 신맛이 느껴지지 않는 것이 아닌가.

"신맛이 전혀 안 느껴지는데요. 조금만 더 시게"라고 했더니 엄마가 고개를 갸우뚱거렸다.

"이게 안 시다고? 먹어봐~. 식초 더 넣으면 안 될 것 같은데?"

"아녜요. 전혀 신맛 없다니까. 조금만 더 넣어봐요."

자꾸 "더 시게, 시게"를 외치는 내게 엄마는 한번 신맛을 제대로 보여주겠다는 듯이 오이무침에 식초를 콸콸콸 부었다. "자~ 먹어봐라. 이제 신맛이 제대로 느껴질 거다."

흐악! 이건 오이무침이 아니라 식초에 오이를 담가버린 음식이었다. 너무 시어 먹을 수 없었고, 그날 뒤로 난 엄마에게 "더 시게, 더 시게"라는 말을 할 수 없게 된 웃픈 사건도 있었다.

항암 직후엔 이런 날들의 연속이었다. 두 달 동안 매일 이렇게 먹는 일과의 사투를 벌이다 엄마는 몸살이 났다. 엄마의 어깨, 허리, 무릎 등 온몸이 쑤시는 증상이 나타났다. 그럴 만했다. 엄마를 고향으로 보내고, 항암 뒤 회복 속도가 더뎌진 나는 암 전문 한방병원으로 향했다. 암 환자 식단으로 세 끼 식사가 나오는 데다 항암 부작용을 다스릴 수 있기 때문이다.

3월 31일은 내 생일날이었고, 2020년 나는 한방병원에서 생일을 맞았다. 담당 간호사가 축하 인사를 건네고 선물까지 주었다. 지인들의 축하 전화와 선물도 이어졌다. 너무 고맙고 감사했다. 그런데도 종일 기분은 가라앉았다. 아니 우울했다. 갑자기 병에 걸리고 하루아침에 변해버린 내 생활과 주변, 그리고 자유롭지 못한 내 몸…. 더군다나 코로나19로 일상에서 제약 사항은 더 많아지고 있었다. 설상가상으로 엄마가 눈앞에 없어서인지, 두 아이는 내게 생일 축하한다는 전화 한 통조차 없었다. 다른 때 같으면 아무렇지도 않을 일이 얼마나 섭섭했는지 모른다. 잠자기 직전 아이들에게 카카오톡으로 말을 걸어 "생일 축하한다"는 말을 들었다. 엎드려 절 받았다. '내년 생일엔 좀 달라져 있을 거야. 내년엔 수술도 끝나고 방사선도 끝나고 좀 더 자유로울 거야'라고 생각하며 생일날 잠들었다.

1년이 지난 2021년 3월 31일, 내 생일이었다. 생일 직전 리아(별칭) 선배에게 전화가 왔다.

"선아야~ 31일 점심에 시간 돼? 회사 근처에서 은(별칭) 선배랑 제이(별칭), 제니(별칭)랑 함께 점심 먹고 우리 생파 하자. 점심 먹고 회사 갈 사람들은 보내고, 우리 둘이 경의 선 숲길도 걷자."

투병하는 내내 물심양면으로 큰 힘을 주던 선후배들이 또 귀한 시간을 마련해준 것이다. 선후배들을 만나기 위해 오랜만에 정장 옷을 꺼내 입고 목에 스카프까지 두르고 한 껏 멋을 냈다. 1년 만에 제법 머리카락이 자라 비니를 벗어 던지고 쇼트커트 상태로 나갔다. 선후배들은 나를 배려해 샐러드를 다채롭게 먹을 수 있는 레스토랑을 예약했고, 노란 프리지어꽃에 요가복, 도서상품권과 두둑한 현금까지 선물로 준비했다.

'내가 이렇게 과분한 사랑을 받아도 될까' 하는 생각이 들었지만, 1년 전 간절했던 자유롭고 축복 가득한 생일날 이었기에 감사한 마음으로 그 사랑을 넙죽넙죽 받았다. 집 나간 입맛은 돌아왔고, 요즘 나는 모든 음식을 감탄하며 먹고 있다. 1년 만에 180도 달라진 나의 입맛과 내 몸, 내 일상. 소중한 사람들과 맛있는 음식을 먹으며 이야기꽃을 피울 수 있어 감사했다. 식사가 끝난 뒤 선후배들은 회사로 가고, 리아 선배와 나는 경의선 벚꽃 길을 함께 걸었다. 하늘은 맑고 형형색색의 꽃과 봄바람에 흔들리는 나뭇가지들이 나를 축복해주는 것만 같았다. 저녁에는 남편이 사다 준 생크림 케이크에 초를 꽂고, 아이들이 불러주는 생일 축하 노래를 들었다. 케이크에 꽂힌 44라는 숫자를 보고 가슴이 '쿵' 하고 내려앉았다. '내가 벌써 40대 중반이라고?' 내 마음속에 내 나이는 아프기 전 나이인 42세에 머물러 있었다. 흠칫 놀랐지만, 곧바로 다시 마음을 다잡았다.

'그깟 나이가 뭐가 중요해? 세월을 따라 함께 동고동락할 친구가 있고 내 몸과 마음만 건강하다면 나이 들어가는 것 겁낼 것도 없고 아쉬울 것도 없지.'

이젠 내 꿈은 할머니가 되는 것이다. 호기심 많고 건강한 할머니가 되어 두 아이 곁에, 소중한 사람들 곁에 오래오래 살고 싶다. 생일 때마다 '지금 여기 살아 있음'에 감사하고, 존재함 그 자체가 축복이라는 사실을 잊지 않고 살고 싶다.

━━━━━━━━━━▶

어둠 속으로

돈, 지위, 인정과 사랑…. 흔히 우리가 갖고 싶어 하고 바라는 것들이다. 나 역시 암 진단 전에는 집 장만하느라 진 막대한 빚을 하루라도 빨리 청산하고 싶어 돈을 모으기 위해 노력했다. 회사에서는 더 인정받으려고 애를 썼고, 개인적으로는 더 사랑받고 사랑하는 삶을 꿈꿨다. 배우고 싶은 것도 많았고, 갖고 싶은 것도 많았다. 그렇다. 욕망, 욕구, 욕심 다 많았다. 그러나 암 진단을 받고 항암을 시작하니 욕망·욕구·욕심 다이어트가 저절로 됐다. 내 꿈은 오로지 하나에 집중됐다. 바로 '완전관해Complete Response(CR)(암

세포가 완전 소실된 것)'. 암이 완전히 관해된다면 덩실덩실 춤을 추며 많은 것을 욕심내지 않겠다고 신께 약속했다.

암 환자라면 알고 있는 관해라는 용어는 항암제에 반응이 있을 때 사용한다. 병원에서는 환자에게 항암제를 투입한 뒤 종양 크기 변화, 종양표지자 수치 등을 통해 암 치료 효과를 평가한다. 세계보건기구에서는 완전관해를 '임상적으로 계측·평가 가능한 병변이 모두 사라지고, 새로운 병변(암세포)이 보이지 않는 상태가 4주 이상 지속된 상태'라고 정의한다. 이러한 완전관해 상태가 5년간 지속되면 암이 완치된 것으로 본다. 완전관해 말고도 '부분관해'라는 용어도 있는데, 종양의 축소율이 50퍼센트 이상이면서 동시에 평가 가능한 병변과 종양에 의한 2차적 악화가 없으면서 새로운 암이 생기지 않은 상태가 4주 이상 지속될 때 사용한다.

유방암 3기로 항암 전 CT검사에서 왼쪽 가슴에 2.6×2.7 센티미터의 암이 발견되고, 림프절 전이가 확인된 나는 선항암(AC 4차, 도세탁셀 4차)을 통해 암의 크기를 줄인 뒤 유방 보존술을 시도하기로 했다. 유방암 수술에는 유방 전절제술과 유방 보존술이 있다. 유두와 유방 피부를 포함한 유방 조직 전체를 잘라내는 것이 전절제술이고, 암을 포함한 주변 1~2센티미터 정도의 정상 조직만 잘라내는 것이 유방 보존술이다. 유방외과 의사는 암 크기가 2센티미터 이하로 줄어들면 유방 보존수술을 시도해보겠다고 했다. 당시만 해도 나는 유방암 책에 나와 있는 가슴 절제 수술 사진은 들여다보지도 못했다.

아마도 유방은 나의 그런 모습을 보고 코웃음을 쳤을지도 모른다. 암 진단 전 자신을 거들떠보기는 커녕 되레 '아스팔트에 껌딱지'라며 조롱만 했던 내가 막상 한쪽 유방을 전부 도려낼 수 있다고 하자 "그럴 수는 없다"며 도리질만 하니 그런 내 모습이 얼마나 낯설었겠는가. 유방 입장에서는 나의 난데없는 집착과 사랑이 뜬금없게 느껴졌을지도 모를 일이다.

나는 항암을 통해 암 크기가 2센티미터 이하가 아니라 아예 암 덩어리 자체가 사라져버리는 완전관해가 되길 간절히 소망했다. 그래서 부분절제를 할 수 있다면 그동안 무관심했고 조롱의 대상으로 삼았던 내 몸을 누구보다도 더 아껴주고 사랑하리라 다짐했다. 그렇게 나는 완전관해라는 '별'을 가슴에 품고, 항암이라는 '어둠'을 향해 기꺼이 걸어 들어갔다.

박인혜 시인은 "별이 밤마다 반짝이는 것은 어둠이 있기 때문이다"(〈별이 밤마다 반짝이는 것은〉, 《하늘을 바라보는 행복이 있습니다》, 월간문학출판부, 2010)라고 했던가. 나는 완전관해라는 반짝이는 '별'을 따기 위해 각종 부작용이라는 '어둠'을 견뎠다. 항암 1차, 2차, 3차… 횟수가 거듭될수록 부작용도 하나씩 하나씩 늘어났다. 변비와 위쓰림, 입맛 변화는 기본이었고, 그 외 부작용들도 나타나기 시작했다. 항암 2차 이후부터 나타난 부작용 중 하나는 혈관이 딱딱해지는 현상이었다.

"혈관이 딱딱해요. 바늘이 튕겨 나올 것 같은데요? 바늘 꽂으면 안 될 것 같아요. 왼팔로 할게요."

"네? 정말요? 혈관이 왜 그렇게 딱딱해진 거죠?"

"아무래도 약 때문에 그런 것 같아요. 이쪽 팔은 될 수 있는 한 안 쓰셔야 해요. 아무것도 하지 마세요."

1차 항암을 왼쪽 팔에 맞고, 2차 항암을 오른쪽 팔에 맞았다. 내 딴에는 왼쪽 팔에 독한 항암제를 계속 맞으면 안 좋을 것 같아 팔을 바꿔가며 맞았다. 지나고 보니 어차피 수술 후에는 왼쪽 팔로는 채혈이나 혈압 재는 것 모두 금지가 되고 항암제가 투입되면 혈관이 딱딱해지는 현상이 나타날 수 있으니 오른쪽 팔을 온전하게 보호하는 것이 좋을 뻔했다. 아무튼 이날은 오른쪽 팔 혈관이 딱딱해져 왼쪽 팔에서 채혈을 하고 호중구 검사를 했다. 호중구 수치 걱정에 혈관 걱정까지. 걱정은 원 플러스 원이 됐다. 3차 항암 하는 날, 주치의에게 혈관 상황을 전하고 케모포트를 심어야 할지 상의했다.

케모포트는 굵은 중심 정맥에 관(카테터)을 삽입해 유지시키는 방법이다. 혈관을 통해 심장 가까이에 있는 굵은 혈관까지 삽입되는데, 동전 크기의 원통형 기구를 피부 밑에 이식해 여기에 혈관으로 통하는 주사관을 연결한다. 케모포트를 심으면 매번 팔 쪽 혈관을 찌르지 않아도 되고 항암제가 혈관에 샐 염려가 없는 장점이 있지만, 소독을 잘 해줘야 하고 흉터가 남는다는 단점이 있다.

코로나19 사태로 빨간 줄을 긋고 의사와 일정 거리 떨어진 상태에서 진료를 보는데, 의사는 그날따라 지쳐 보였다. 항암 전 확인하는 호중구 수치는 나쁘지 않았다. 휴~. 안도의 한숨을 쉬었다. 혈관 걱정으로 의사에게 케모포트에 대해 물었더니, 의사는 이렇게 답했다.

"보통 케모포트는 전이성 환자들, 항암을 2~3년 이상 또는 평생 해야 하는 환자에게 해요. 환자는 전이성 환자도 아니고 항암 뒤 수술할 예정이잖아요. 원하면 해도 상관없는데, 케모포트 꽂았을 때 쇼크, 출혈, 패혈증 등 기타 부작용이 나타날 수 있기 때문에 간단한 일은 아닙니다. 원하시면 상담 뒤에 하실 수 있어요. 항암 8차니 일단 혈관으로 진행해보는 것은 어떨까요?"

무엇 하나 간단한 것이 없었다. 인생길을 걸어가다 보면 예측할 수 없는 일을 만나듯, 항암의 여정 속에서 나는 예측하지 못했던 일을 수시로 만났다. 그때마다 절망하거나 분노하기보다 최대한 감정을 조절하기 위해 노력했다. 내가 조절할 수 없는 것(혈관이 딱딱해지는 현상)보다 내가 할 수 있는 일(책이나 의사, 환우들에게 객관적인 정보 및 각종 경험담 수집)에 집중했다. 부작용 이야기를 들으니 굳이 무리해서 케모포트를 할 필요가 없다는 판단이 섰다. 의사 의견대로 일단 팔 혈관으로 항암을 계속 진행해보기로 했다. 이후 나는 왼팔로 계속 8차까지 주사를 맞았는데, 다행히도 사랑스러운 나의 왼쪽 팔이 잘 버텨주었다. 능수능란한 간호사들이 혈관을 잘 찾아 주사를 꽂았고, 케모포트를 하지 않고도 잘 넘어갔다. 오른팔 일부 혈관은 여전히 딱딱해서 주사기를 꽂기 힘들다.

혈관이 딱딱해지는 증상 외에도 손톱 변색이 시작됐다. 엄지손가락 가운데에 검은 줄이 생기기 시작하더니 다른 손가락들과 발톱에도 변색이 왔다. 변색을 방지하고 손톱과 발톱을 보호하기 위해 15밀리리터에 5만 6000원이나 하는 손톱 영양제까지 사서 아침저녁으로 발라주었다. 손발톱 영양제가 변색이나 손톱 찢어짐 방지에 도움이 됐다는 환우들이 있었지만, 꾸준히 매일 영양제를 바르지 못한 나는 여전히 손톱이 약한 편이고 잘 찢어진다. 손발톱 변색은 항암을 마친 뒤 수개월이 지나니 자연스럽게 괜찮아졌다.

4차 항암 뒤에는 매달 규칙적으로 하던 생리가 중단됐다. 유방암을 치료하는 항암제 부작용 중 하나가 난소의 기능이 저하되고 난소에서 분비되는 호르몬이 줄어드는 것이다. 따라서 생리가 불규칙해지거나 일시 중단되거나 조기 폐경, 불임이 될 수 있다. 항암치료 뒤 임신하고자 하는 환자라면 미리 난소보호제를 맞고 대비를 해야 한다. 두 아이를 출산한 나는 난소보호제를 맞을 이유는 없었다. 그때 이후로 생리를 하지 않았고, 매번 검진할 때마다 생리를 하는지 안 하는지 의사는 묻는다. 안 하는 게 좋은 것이란다. 항암-수술-방사선 3대 표준치료 후 지금 나는 '타목시펜'이라는 유방암 약을 매일 먹고, 한 달에 한 번 '졸라덱스(난소기능억제제)'라는 '졸라' 아픈 주사를 맞고 있다. 졸라덱스는 배에 맞는데 바늘 굵기가 1.65밀리미터 정도다. 독감 예방접종 때 사용하는 주삿바늘 굵기가 0.5밀리미터 정도이고, 채혈할 때는 이보다 더 가는 주삿바늘을 쓴다는 것을 고려하면, 졸라덱스 주삿바늘이 얼마나 굵은지 알 수 있다. 심호흡을 크게 하고 배를 풍선처럼 부풀렸다가 숨을 내뱉으면서 주사를 맞으면 덜 아프다.

약과 주사 역시 여성호르몬을 차단하는 작용을 하므로 나는 다른 사람들보다는 더 빠르게 폐경 증상을 경험하고 있다. 갑자기 얼굴이 붉어지고, 땀이 비 오듯 흐르는 증상이 가장 대표적이다. 그런 증상이 나타나면 나는 "그분이 오셨다, 오셨어"라고 농담하며 웃어넘기곤 한다. 하지만 환우가 아닌 다른 누군가를 만나고 있는데 땀이 비 오듯 흐르면 난감하다. 여성호르몬 감소로 질 건조증도 생겨 불편함을 느껴 산부인과 진료도 받았다. 이외에도 불면증과 감정의 롤러코스터 증상을 겪는 환자도 많은데, 나는 규칙적인 운동과 복식호흡, 햇볕 쐬기, 심리학 공부 등을 통해 이 증상들을 극복해가는 중이다.

8차 항암 중 4차를 마무리하고 병원에서는 중간 검사를 진행했다. 유방외과 의사는 촉진을 통해 '암이 0.5센티미터 정도 줄어들었다'며 '계획대로 항암한 뒤에 보자'고 말했다. 초음파검사와 CT 검사를 했는데, 5차 항암을 하는 날 종양내과 의사에게 중간 검사 결과를 들었다.

"초음파로 볼 때는 암이 말랑말랑해 보이고 겨드랑이 림프절 부위는 작아졌다고 보고하고 있어요. CT 검사는 정확한 검사는 아닌데 크기 자체보다는 형상이 바뀌었네요. (컴퓨터 화면에서 이전 CT 결과와 이번 검사 결과를 대조해 보여주며) 초기에는 이게 꽉 차 있었지요? 그런데 이렇게 안이 녹았어요. 안이 죽은 거지…. 겨드랑이 림프절 암은 예전보다 작아졌어요. 이랬던 암이 이렇게 줄어든 거죠(림프절 안에 원래 3개의 점이 있었는데, 그중 2개는 줄어들어 거의 안 보였고, 1개는 여전히 조금 보였다). 자, 그래서 원래 계획대로 항암을 계속 진행하면 될 것 같아요. 백혈구 수치도 괜찮네요."

의무기록지를 떼서 확인해보니 왼쪽 유방에 있던 2.6×2.7센티미터 암이 2.1×2.5센티미터로 줄었다. 림프절 쪽 암은 4.9밀리미터에서 2.9밀리미터로 줄었다고 기록돼 있었다. 완전관해라는 별을 가슴속에 품었던 나는 드라마틱하게 암이 줄어들지 않아 약간 실망했다. 그렇지만 0.5센티미터라도 줄어들었다는 사실에 마냥 기뻤다. 유방암 카페에서 항암제 투입 뒤에도 전혀 암의 크기 변화가 없거나 오히려 암이 더 커져 고민을 하는 경우도 봤기 때문이다. 크기 변화는 적지만 '암 덩이 안이 녹았다'는 종양내과 의사의 말은 내게 희망의 '별'이었다. 별이 반짝반짝 빛날 수만 있다면 각종 부작용도 그러려니 하게 됐다. 그렇게 나는 '항암의 산'을 넘는 여정 중 절반을 마무리했고, 항암제를 바꿔 남은 절반의 여정을 향해 뚜벅뚜벅 걸어갔다. 완전관해라는 별을 가슴에 품고.

그럴 땐 바람이
부는 대로 놔뒀다

슬픔을

———————————————▶

어루만지기

"6층 할머니 소식 들었어? 대장암 완치 판정받았는데, 2년 만에 암이 전이됐다고 그러더라고. 어휴… 안됐지 뭐야."

한참 항암 중일 때, 같은 아파트에 사는 할머니가 내 아래층에 사시는 6층 할머니 소식을 전했다. 마음에서 '철커덩' 하는 소리가 들렸다. '아래층 할머니가 대장암이셨다고? 완치했는데 전이가 됐다고?' 믿을 수 없었다. 누구보다도 건강해 보이던 할머니는 '암'과는 거리가 멀어 보이는 분이었다.

맛있는 음식이 고향에서 올라오면 아래층 할머니께 종종 갖다드렸다. 두 아이가 시끄럽게 떠들고 뛰는 경우가 많은데 항상 너그럽게 양해해주셨던 분이다. 이 집으로 이사 온 지 5년째인데, 한 번도 층간소음 문제로 이웃 간에 얼굴을 붉혀본 적이 없다. 아래층 할머니, 할아버지는 엘리베이터에서 우리 집 두 아이를 만나면 반갑게 인사를 나눴다. 아파트에 살면서 이웃에 누가 사는지도 모르는 사람이 많다는데, 나는 옆집과 아래층에서 좋은 어른들을 만나 인사를 나누며 살았다. 그랬기에 아래층 할머니의 소식에 놀라지 않을 수 없었다. 친정어머니와 나는 다시 항암치료를 받기 시작했다는 6층 할머니께 전복이나 낙지, 김 등을 나눠 드리며 꼭 암을 극복할 수 있기를 기도했다. 나 역시도 항암치료를 받고 있어 함께 잘 극복했으면 하는 바람이 컸다. 그런데 전이 소식을 들은 지 몇 달도 안 돼 아래층 할머니의 부고 소식이 들려왔다.

"내가 오늘 할 말이 있어요. 우리 마누라가 꼭 전해달래서…. 우리 마누라 호스피스 병동에 있다가 자식들, 손자들 얼굴 다 보고 안아도 보고 편안하게 갔어요…. 그 사람이 그러더라고… 7층 애기 엄마한테 내가 나쁜 것 다 안고 갈 테니 7층 애기 엄마는 꼭 암 이겨내고 오래오래 살아야 한다고 전해달래… 애들 시집·장가가고 손자 볼 때까지 살 거라고…. 그러니까 꼭 이겨내야 해요. 아니 이겨낼 거야. 우리 마누라가 다 안고 간다고 했어. 우리 마누라가 병원에서 나오면 7층 애기 엄마 밥 한 끼 꼭 사주고 싶어 했어. 만날 맛있는 음식도 가져다주고 그랬는데 우린 그만큼 못 했다고… 그런데 밥 한 끼도 못 사주고 이렇게 갔네. 우리 마누라는 유언 남길 것 다 남기고 편안하게 갔어. 항암 잘 이겨내고 있는 것 맞죠? 잘 이겨낼 거야. 암, 그렇고말고."

쓰레기를 버리러 나왔던 할아버지는 아파트 앞에서 나를 만나 내 손을 붙잡고 울면서 이렇게 말했다. 할아버지도 울고, 나도 울었다. 할머니를 떠나보낸 할아버지는 수척해 보였다. 할아버지는 할머니와 어떻게 만났고, 두 분이 어떻게 살아왔는지도 이야기해주셨다. 할머니와 이별한 슬픔, 할머니에 대한 그리움에 누군가에게 어떤 이야기라도 쏟아내고 싶으셨던 것 같다. 나는 할아버지의 이야기를 귀 기울여 들었다. 눈동자가 크고 서글서글하게 보였던 할머니의 얼굴이 떠올랐다.

처음 부고 소식을 듣고 '죽음'이라는 말에 고개를 돌려 버리고 싶었다. 아래층에서 사람이 죽었다는 사실에 등골

이 오싹하기도 했다. 인간은 자기 자신을 먼저 보호하려는 본능이 있는 만큼, 항암치료를 받고 있던 나는 나를 보호하고 싶었던 것 같다. 그런데 할아버지의 이야기를 들은 뒤 이상하게도 내 가슴은 몽글몽글해지며 뭔가 따뜻함으로 채워졌다. 죽음을 앞에 둔 순간에도 내게 그런 따뜻한 말을 남겨준 할머니의 선한 마음이 너무 고마웠다. 갑작스러운 할머니의 죽음은 슬펐지만, 그날 내겐 죽음이 차갑고 어둡게만 느껴지지는 않았다. 슬프지만 마냥 슬프지만은 않은 그런 신비로운 감정을 느꼈던 순간이었다고나 할까.

암 진단 전엔 내게 죽음은 나와는 동떨어진 무엇이었다. 남의 일이었다. 나는 장례식장에서 누군가의 죽음을 애도했지만, 금방 또 죽음을 잊어버리고 생활했다. 암 진단 직후엔 죽음이 공포로 다가왔다. '암=죽음'이라는 고정관념으로 '곧 죽으면 어떡하지? 두 아이는 어떡하지? 우리 엄마는?' 하는 두려움에 벌벌 떠는 순간도 있었다. 항암치료를 받고 수술과 방사선치료를 끝내고 건강을 회복하면서 그런 공포는 상당 부분 사라졌다. 암을 극복하고 더 풍요로운 삶을 사는 사람들을 만나며 공포보다는 새로운 희망을 품었다. 맛있게 밥을 먹고 내 두 발로 걸을 수 있는 일상을 회복하면서, 죽음보다는 삶 쪽으로 시선이 돌려졌다. 하루하루가 감사하고 '이것만으로도 충분해'라는 마음이 컸다.

그러던 내게 며칠 전 또 지인의 부고 소식이 들려왔다. 마음의 파도가 심하게 출렁거렸다. 한방병원에서 알고 지내던 ㅊ교수님은 환우들에게 영웅이자 멘토였다. 코에 작은 암세포가 발견됐던 ㅊ교수는 뼈와 폐에 암이 전이됐다. 암이 전이되면 흔들리기 마련인데, 그는 뛰어난 학습력과 연구력, 강한 의지력으로 항암치료를 받으며 암에 대한 공부를 게을리하지 않았다. 그는 암에 관련된 책을 다 읽고 웬만한 암 관련 유튜브를 모두 섭렵했다. 암 관련 외국책 번역 작업에도 참여했다. 식단 관리도 철저하게 했고, 운동도 게을리하지 않았다. 기능의학자들을 만나 상담한 뒤 대사 치료에도 심혈을 기울였다. 그는 병원에서 진행했던 요가 프로그램이 끝나면 항상 다른 환우들의 매트까지 정리해주었다. 또 새로운 환자들이 들어오면 병원 생활 안내도 도맡았다. 암에 대한 지식을 환우들과 항상 함께 나눴다. 그러던 어느 날, 그분의 뼈와 폐에 전이된 암이 정기검사에서 안 보인다는 소식이 들려왔다. 환우들은 너무 기뻐했고, 많은 환우는 ㅊ교수에게 더 의지하게 됐다. ㅊ교수는 환우들에게 희망의 상징이었다. 심지어 ㅊ교수의 암 극복법에 대한 이야기를 듣고 싶다며 환우들이 직접 ㅊ교수와 이야기를 나누는 자리를 마련해달라고 요구해 병원에서 자리를 마련하기도 했다. 나도 그 자리에 참석했고, 병원을 퇴원하기 전에 ㅊ교수 병실에 들러 조언도 구하고 서로의 건강을 빌기도 했다.

한 달 전 ㅊ교수의 몸에서 다시 암이 재발했다는 소식이 들렸다. ㅊ교수처럼 최선을 다한 사람에게 또다시 재발이라니⋯. 가슴이 쿵쾅거렸다. 전화해서 뭐라고 말을 해야 할지 몰라 ㅊ교수에게 연락조차 하지 못했다. 다만 ㅊ교수라면 이 고비도 잘 넘기고 언제 그랬느냐는 듯이 암이 사라졌다는 소식을 전해줄 것이라고 믿었다. 그런데 ㅊ교수의 부고가 카카오톡 채팅방에 뜬 것이다.

부고를 보는 순간 머리가 멍하고 시간이 정지되는 것만 같았다. 어떻게든 노력하고 투지를 불태웠어도 끝내 그에게 찾아온 '죽음'이라는 녀석이 밉고 원망스러웠다. 가슴이 먹먹하고, 우울감도 들고, 그날 온종일 아무것도 손에 잡히지 않았다. 식단 관리를 철저히 하고 운동 등에 매진했던 내 생활에 대한 확신도 조금 흔들거렸다. 또 삶이 너무 허망하다는 생각도 들었다.

그날 마침 후배 수기(별칭)와의 약속이 있었다. 암 진단 뒤로 처음 보는 자리였다. 후배는 나를 보자마자 환하게 웃으며 따뜻하게 안아줬다. 후배의 온기가 느껴졌다. 집에 덩그러니 혼자 앉아 있지 않아 다행이라는 생각을 했다. 후배가 그동안 살아온 이야기도 듣고, 후배에게 ㅊ교수 이야기도 하고, 또 나의 이야기도 했다.

"선배 글 읽으면서 선배가 뭘 말하는지 나는 다 알 것 같아서 진짜 공감했어요." 후배가 울먹거리며 얘기했다. 내 눈에서도 눈물이 또르르 흘렀다. 후배와 얘기를 나누며 ㅊ교수의 죽음을 자연스럽게 슬퍼할 수 있었다. 암이 재발하거나 전이될까 두려웠던 내 마음도 털어놓을 수 있었다.

부고 소식을 들은 그날, 환우 카카오톡 방은 어쩐지 조용했다. 다들 먹먹하고 뭐라고 말해야 할지 몰라서였을 것이다. 낮에 후배를 만나 마음을 표현했던 나는 용기를 내 다음 날 카카오톡 방에 말을 남겼다. "다들 ㅊ교수님 소식에 마음이 출렁출렁하셨을 듯요…. (중략) ㅊ교수님의 강한 의지와 친절함, 유쾌함을 기억해요…. 그리고 또 우리는 건강을 지키기 위한 각자의 노력 계속해서 열심히 해요…. 다들 무탈하길 항상 기도합니다." 글을 남기자 환우 한 명 한 명 자신의 감정을 꺼내어 말하기 시작했다. 고인의 명복도 함께 빌고, 재발과 전이에 대한 두려움도 함께 나눴다. 암이 전이돼 현재 항암 중인 환우는 "이기적이게도 떠난 이의 슬픔보단 내 삶에 대한 두려움이 더 컸던 하루"였다고 고백하기도 했다. 환우들끼리 솔직한 자신의 감정을 나누니 묵직했던 고통과 슬픔, 두려움의 무게가 조금은 가벼워진 느낌이었다.

많은 사람이 돌아가신 분에 대한 이야기를 꺼낸다면 상대방에게 슬픔을 가중시킬 것이라고 추측한다. 그래서 미안하다고 말하는 것이다. 하지만 꼭 그렇지 않다. 슬픔 치유는 그 슬픔을 표현하는 데에서 시작하기 때문이다.

'죽음준비교육' 전문가이자 슬픔 치유상담가인 윤득형 목사는 《슬픔학개론》(샘솟는기쁨, 2015)이라는 책에서 이렇게 말한다. 사실, 나는 암을 진단받은 뒤 '슬픔', '분노', '외로움'과 같은 단어들은 의도적으로 회피했다. 긍정적인 마음이 암 치료나 예후에도 좋다는 연구 결과 때문이기도 하고, 부정적 감정들로 내게 주어진 소중한 하루하루를 낭비하고 싶지 않았다. 마음속에서는 수시로 '뭣이 중헌디?'라는 질문이 튀어나왔고, 가급적 평정심을 유지하려고 애썼다. 그러나 이번 일을 겪으며 슬픔이나 우울감, 두려움, 고독감 같은 부정적 감정 역시 내 삶의 일부라는 것을 자연스럽게 알아가는 중이다.

갑작스럽게 암 통고를 받고 가장 먼저 달려간 곳이 서점이었다면, 지인의 부고 소식을 접한 뒤 헛헛한 마음을 어찌지 못해 찾아간 곳은 도서관이었다. 죽음, 슬픔과 관련된 키워드로 관련 책들을 찾아 읽었다. 암 투병기나 암 관련 책들이 암 치료에 도움이 됐다면, 죽음이나 슬픔에 관련된 책들은 내가 슬픔과 두려움의 바다에 빠져 허우적대지 않게 해주었다. 죽음을 부정적으로만 보지 않게 해줬고, 또 사람은 누구나 언젠가 죽으며 죽음 또한 삶의 일부라는 사실도 깨닫게 해줬다. 다양한 책을 읽으며 내가 어느 순간부터 '나는 항상 긍정적이고 행복해야 한다'는 강박에 빠져 있었다는 사실도 인지하게 됐다. 부정적 감정을 모른 척하거나 표현하지 않으려 했고, 기분 좋은 척, 괜찮은 척하려 했다는 것도. 그러나 슬픔 또한 나에게 허용돼야 하는 감정이며, 마음껏 슬퍼하고 슬픔을 표현해야 슬픔에서 벗어날 수 있다는 것도 책은 알려줬다. 또 모든 감정은 감정 그대로 옳으며, 내 감정을 이해해야 나를 더 깊이 사랑할 수 있다는 것도.

아홉 세대에 걸쳐 펜실베이니아 파크스버그에서 장의사를 해 온 칼렙 와일드는 그의 저서 《길들여지지 않는 슬픔에 대하여》(살림, 2018)에서 "죽음은 한번 스치고 지나가는 경험이 아니다. 인생 전체에 걸쳐 반복적으로 발생하는 것"이라며 "사람은 죽음을 경험할 때마다 마음을 열고, 공감·이타심·축복·이해가 마음을 새롭게 만들어주는 것을 경험하게 된다"고 말했다. 또 그는 "죽음은 단순히 질척거리고 혼란스럽기만 한 게 아니다"라며 "죽음에서 나의 가장 진솔한 면을 찾고, 더 강한 유대를 찾아내기도 하며, 누군가는 죽음의 공포를 이겨내며 삶을 충만하게 사는 법을 배우기도 한다"고 전했다.

ㅊ교수의 명복을 다시 빈다. 그리고 ㅊ교수에게 약속한다. 지금 내게 주어진 몫의 삶을 최선을 다해 살겠다고. 그리고 당신이 마지막까지 최선을 다해 살았던 모습도 잊지 않겠다고.

———————————————————▶

사랑하는 방식

"아… 악…."

항암제 도세탁셀을 맞은 뒤 3일째 되던 날, 아침에 일어나다 나도 모르게 소리를 질렀다. 무릎과 엉덩이뼈에 통증이 느껴졌고, 발에 모래주머니를 찬 것처럼 몸이 무거웠다. 얼굴은 퉁퉁 붓고 다리는 코끼리 다리가 돼 있었다. 항암제의 부작용 증상이다.

왼쪽 유방과 왼쪽 겨드랑이 림프절에 암이 있었던 나는 항암제 AC를 4회 맞은 뒤, 도세탁셀이라는 약물로 바꿔 4회에 걸친 나머지 항암을 진행하기로 했다. AC 항암 주사를 맞는 데 1~1시간 30분 정도 걸렸다면, 도세탁셀은 전후 처리 시간까지 합하면 5~5시간 30분 정도 걸렸다.

도세탁셀을 맞기 전에는 구토방지제 등 부작용 방지약 두 가지를 주사로 맞았다. 약물이 혈관에 주입되면 회음부와 항문까지 찌릿찌릿한 느낌이 있었다. 간호사는 처음 도세탁셀을 맞는 것이니 부작용을 고려해 아주 느린 속도로 약물이 혈관에 들어가도록 했다. 항암제 AC를 맞을 땐 예능 프로그램 〈아는 형님〉을 보면서 깔깔깔 웃으며 맞았다면, 도세탁셀을 맞을 땐 아무것도 할 수 없을 정도로 무기력감을 느꼈다. 스마트폰도 볼 수 없을 정도로 눈이 감겨서 그냥 눈을 감고 가만히 누워 있었다. 오후 3시부터 도세탁셀을 맞았는데, 3시간 정도 맞으니 저녁 식사 시간이 됐다. 간호사는 수시로 내 상태가 괜찮은지 확인했다. 혹시 심장이 두근거리거나 조금이라도 이상한 것이 있다면 이야기를 해야 한다고 했다. 약에 대한 과민반응이 나타나 숨이 차거나 가슴이 조여드는 등의 현상이 나타날 수 있기 때문이다. 다행히도 과민반응은 없었지만 무기력하고 졸린 증상이 나타났다. 졸리는데 내 상태를 감각해야 하니 몽롱한 기분 속에서 계속 신경을 곤두세웠다. 중간에 목이

마르면 물을 마시고, 집에서 준비해 간 오렌지와 사과를 먹었다. 병원에 저녁 식사를 신청해서 흰밥에 소고기 피망 볶음, 두부조림, 깍두기, 나물 등이 나와 조금 먹었다. 저녁 식사 시간 이후로는 포도당 주사를 맞았다. 항암제를 싹 씻어주는 역할을 한다고 했다. 포도당까지 다 맞고 나니 저녁 7시 반이 됐고, 몽롱한 정신으로 집에 도착했다.

도세탁셀의 대표적인 부작용은 근육통과 손발 저림, 부종 등이다. 3일째 되던 날부터 나는 근육통과 부종이라는 부작용을 제대로 경험했다. 무릎과 엉덩이뼈를 누군가 큰 망치로 두드리는 것 같은 통증에 나는 울기만 했다. '완전 관해'만 될 수 있다면 어떤 부작용도 견딜 수 있다던 나는 어디로 사라진 것인지…. 통증이 낯설지 않았다. 생각해보 니 출산 전 진통할 때 그때 그 통증과 비슷하다. 아이가 나 오기 직전, 내 온몸이 쩍쩍 벌어지면서 느꼈던 그 통증. 말 로 설명할 수 없던 그 고통이 다시 느껴졌다. 식은땀도 많 이 흘렸다. 얼굴이 노란빛으로 변했는데, 아들이 "엄마는 구운 달걀 같아"라고 말했다. 입맛 변화도 여지없이 왔다. 밥상 앞에 있는 시간이 길어지고, 꾸역꾸역 밥을 먹고 나 면 너무 서러웠다. '아, 옛날로 돌아가고 싶어. 무엇이든 먹

을 수 있던 과거로 돌아가고 싶어. 그때가 너무 그리워.'

밥을 먹고 나서 식탁 앞에 앉아 있다가 구슬 같은 눈물
을 뚝뚝 떨어뜨렸다.

"엄마, 왜 울어? 많이 아파?"

"엄마, 갑자기 왜 울어?"

딸과 아들이 물었다. 아무 말도 나오지 않고 그저 눈물
만 나왔다. 아이들 앞에서는 애써 태연한 척했는데, 이날
은 아이들이 있든 말든 눈물이 나왔다.

"너희 엄마 너무 힘들어서 눈물 나오나 보다. 밥맛도 없
고 너무 아프니까 우는 거지. 엄마가 지금 너무 힘들어, 얘
들아…. 이번 항암약이 너무 독하다."

"와~ 이제까지 이렇게 운 적 없었잖아. 엄마도 외할머니
있으니까 어리광 부리는 거 아냐? 엄마도 엄마의 엄마 앞
이니까 어리광 부리는 것 아니냐고. 엄마 울지 말고 원하
는 것 있으면 말해봐. 내가 들어줄게. 응? 뭐든 말해봐. 내
가 들어줄게."

피식, 아들의 말에 갑자기 웃음이 나왔다. 어린 아들의
눈엔 엄마도 할머니 앞에서 한없이 약해지고 어린아이처

럼 어리광을 부리는 것처럼 보이나 보다. 평소엔 약간 무덤덤하고 무뚝뚝하던 아들이 무슨 소원이든 들어주겠다는 것도 귀엽고 정다워 웃음이 나왔다. 아들 덕분에 울음이 잠깐 멈췄다.

"애고… 생전 안 하던 짓도 하고, 많이 아픈가 보다. 며칠만 지나가면 괜찮아질 거야. 조금만 참아. 좀 주물러줄까? 자~ 어깨랑 머리 주물러줄게."

방 안에 있던 남편이 나와 한마디 다시 하니 또 눈물이 주르륵. 내 눈 어딘가에 눈물 저장고가 있는 것은 아닐까. 마치 이때를 기다렸다는 듯 눈물이 시도 때도 없이 콸콸 흘러넘쳤다.

먹는 것이 고역인 암 환자에게 가장 좋은 친구는 '먹방(먹는 방송)'이다. 항암 부작용으로 힘들어 한방병원에 입원하게 되었을 때, 나도 비로소 먹방 월드에 입성했다. 집에서는 친정엄마가 도끼눈을 뜨고 내 앞에 앉아 밥숟가락을 다 뜰 때까지 지켜보고 있어 밥을 먹었다면, 병원에서는 먹방을 틀어놓고 최대한 상상력을 발휘해 숟가락을 들었다. 〈백종원의 골목식당〉, 〈수미네 반찬〉, 〈신상출시 펀스

토랑〉, 〈맛남의 광장〉 등 먹방은 얼마나 다채롭고 끝이 없던지.

음식을 보며 진심으로 감탄하고 환호하고 맛을 즐기는 텔레비전 속 사람들. 더 맛있는 음식을 만들어 먹기 위해 고민하고 이런저런 아이디어를 내는 사람들. 과거엔 그런 사람들을 보며 지나치게 먹는 것에 집착하는 것 아닌가 하는 비판적 생각을 했고, 먹방은 상업적이라고 내 멋대로 재단했다. 그런데 암 진단 뒤 혀의 감각을 잃고 매끼 챙겨 먹는 일이 고역이 된 뒤 먹방을 보며 이런 생각을 했다. '나는 이제껏 저렇게 음식을 보며 감탄하며 먹은 적 있던가? 나는 나의 입과 혀를 즐겁게 하기 위해 저렇게 고민하고 아이디어를 내본 적 있던가?'

그동안 내게 식사 시간은 감탄의 대상은 아니었다. 내가 하고 싶은 일, 해야만 하는 일을 하려면 매 끼니를 빨리 해치워야 했다. 따라서 식사 시간은 내 시간을 빼앗는 무엇이었다. 취재원과 식사를 하는 경우도 많았는데 음식보다는 취재원의 말에 귀를 쫑긋 기울여야 하므로 음식을 먹는 둥 마는 둥 하는 경우도 많았다. 그러나 식사 시간은 내 일상에서 얼마나 중요한 시간이었던가. 내가 먹는 것들은 내 세포를 만들고 몸 구석구석에 가서 내 몸과 마음이 잘 작동하도록 해주고 각종 질병으로부터 나를 막아주는 병사 역할을 해준다. 그 고마운 음식을 감탄하며 바라보고 매끼 맛을 음미하며 그렇게 하루하루를 살았다면 얼마나 좋았을까. 친정엄마가 정성 들여 보내준 음식들을 제대로 챙겨 먹었더라면 얼마나 좋았을까. 어느 순간부터 아침도 선식으로 대충 때우고, 점심도 건성건성 먹고, 저녁은 맥주와 치킨 등으로 대신했던 내 식생활에 대한 후회가 수시로 밀려왔다. 채소가 몸에 좋다는 걸 알면서도 제대로 챙겨 먹지 않았고, 간단하게 고기를 구워 먹거나 햄을 넣은 볶음밥 등으로 한 끼를 대충 때우고 외식을 많이 했던 지난날을 반성했다. 잘못된 식생활에 대한 후회와 아무 음식이나 먹을 수 있었던 자유에 대한 그리움이 동시에 밀려왔다. 그렇게 과거를 반성하며 또 한편으로는 그리워하며 그 힘든 시기를 통과했다. 어쨌든 끝은 있으니까. 이제 항암 두 번만 더 하면 힘든 '항암의 산' 등반도 끝낼 수 있으니까.

다시 과거로 돌아간다면, 자연식으로 몸에 좋은 음식들을 찾아 누구보다 맛있게 감탄하며 먹을 자신이 있다. 사랑하는 가족, 좋아하는 지인들과 좋은 음식을 먹고 즐거운 대화를 나누는 일을 더 중요하게 생각할 것이다. 잠까지 줄여가면서 일을 하고 책을 읽고 그렇게는 하지 않을 것이다. 낮에 깨어 있는 시간을 최대한 효율적으로 활용하고 밤잠은 무슨 일이 있더라도 사수할 것이다. 단 30분이라도 반드시 운동을 하고, 일주일에 한 번은 온전히 나 혼자 있는 시간을 마련해 나에게 쉬는 시간을 허락할 것이다.

5~6차 항암을 하면서 시도 때도 없이 울 때 내 일기장에는 '다시 과거로 돌아간다면'이라는 제목으로 이런 글이 쓰여 있다. 그토록 힘겨웠던 때와는 다르게 이제 내 입맛은 돌아왔다. 더는 음식은 흙 맛이 아니고, 그렇게 고통스럽던 근육통도 부종도 이젠 없다. 내 몸에서 암 덩이도 떼어냈고, 다시 새롭게 내 몸을 정비하고 있다. 라면이나 짜장면, 떡볶이, 고기, 햄 등을 자주 먹었던 과거로 돌아갈 수는 없지만, 이제 더 나은 현재와 미래를 만들어갈 수 있는 선택권은 내게 있다. 그래서 나는 매 끼니를 정성스럽게 챙겨 먹고 한 끼 한 끼 감탄하며 감사해하며 먹고 있다.

싱싱한 양상추와 무순, 새싹 채소, 루콜라, 브로콜리 등을 섞은 샐러드에 키위나 파인애플, 망고 등을 갈아 만든 과일 드레싱을 얹어 매일 두 접시 이상 챙겨 먹는다. 참나물, 두릅, 비름나물, 냉이, 방풍나물 등과 같은 다양한 나물을 보약 먹듯 먹는다. 시금치, 콩나물, 고사리나물을 해놓고 고추장에 비벼 맛있는 비빔밥을 만들어 먹는다.

암 치료 관련 책들을 보면 한결같이 채소를 많이 먹으라고 강조한다. '대사치료'의 대가 나샤 윈터스 박사는 저서 《대사치료, 암을 굶겨 죽이다》(처음북스, 2018)에서 암 치료에 있어 채소 섭취가 중요한 이유는 채소의 식물 영양소가 DNA 손상을 예방하고 결함이 있는 DNA를 복구시켜주기 때문이라고 설명한다. 암이라는 질병은 돌연변이 세포가 발생해 통제 불가능하게 분열하고 신체 여러 부위로 퍼져나가는 것이 특징이다. 돌연변이 세포가 생기지 않도록 DNA 손상을 예방해주는 채소를 평소 많이 챙겨 먹는다면 자연스럽게 암을 예방할 수 있다. 윈터스 박사는 특히 십자화과 식물을 추천하는데, 십자화과 식물로는 브로콜리, 양배추, 콜리플라워, 콜라비, 무 등이 있다. 십자화과 식물은 우리 몸에서 잠재적인 발암물질을 제거하고 종양 억제

유전자의 작용을 강화해준다고 한다.

주변 환우들을 보면, 해독주스(사과+당근+토마토+브로콜리+양배추) 등의 형태로 브로콜리를 섭취하거나 브로콜리를 데쳐 초고추장에 찍어 먹거나 샐러드에 데친 브로콜리를 넣어 먹는다. 나 역시 이런 방법들로 브로콜리 섭취량을 늘리고 있다. 2018년 질병관리본부가 공개한 '우리나라 성인에서 만성질환 질병부담에 기여하는 식품 및 영양소 섭취 현황과 추이' 보고서를 보면, 25~74세 성인들의 채소 섭취량은 남자가 263그램, 여자가 219.9그램으로 하루 권고 기준인 340~500그램에 못 미쳤다. 암을 예방하고 싶다면 당장 채소 섭취량을 의도적으로 늘려야 한다.

과거엔 구운 고기를 좋아했지만 이제는 자주 먹지 않는다. 고기를 먹더라도 수육 형태로 상추나 깻잎 등에 싸서 소량 먹는다. 외식을 해야 할 일이 생기면 고기나 밀가루 메뉴보다는 각종 채소가 든 비빔밥이나 해물 종류를 선택해 먹는다. 일기장에 쓴 것처럼, 사랑하는 가족, 동료, 친구들과 좋은 음식을 먹고 즐거운 대화를 나누기 위한 시간을 그 어떤 시간보다도 소중하게 생각한다. 스마트워치를 활용해 수면 패턴을 확인하고, 될 수 있는 한 하루 6~7시간은 푹 자려고 애쓴다. 땀을 흘릴 정도로 운동을 매일 하고 있다. 다시는 항암의 고통을 겪고 싶지 않은 나는 건강한 생활 습관을 머리로만 아는 것이 아니라, 몸으로 매일 실천하는 중이다. 이것이 내가 나를 사랑하는 방식이다.

유방 전절제,

────────────▶────────────

마음의 집이 무너져 내리다

무엇 하나도 간단한 것이 없었다. 유방암 3기 진단을 받고 8차 항암을 하기로 한 나는 3차 항암 뒤 유방외과에서 중간 점검을 했다. 촉진을 통해 암 크기를 확인한 의사는 암이 처음보다 0.5센티미터 줄었다며 7차 항암 뒤 다시 보자고 했다. 그날이 왔다. 2021년 6월 5일 7차 항암을 끝내고 유방외과를 찾았다.

"양선아 님, 들어오세요. 침대에 올라가 사이즈 측정해야 해요. 올라가서 준비하세요."

진료실 두 곳을 오가며 의사는 바쁘게 진료했다. 우리

144

나라 대학병원에만 있다는 그 양방兩房(의사가 진료실 두 개를 열어놓고 이 방 저 방을 오가며 진료를 보는 방식) 시스템이다. 의사가 다른 진료실에서 환자를 만나는 동안 나는 침대에 올라가 옷 단추를 풀고 가슴을 드러내놓았다(아! 여기서 사소한 팁! 진료 볼 땐 앞 단추가 있는 옷을 입고 가는 것이 진료받기 편하다). 암 진단과 치료 과정에서 암이 있는 가슴을 의사에게 보이는 일이 잦다 보니 유방을 드러내는 일이 아무렇지도 않았다. 쭈뼛쭈뼛함도 없이 바로 속옷을 올리고 의사가 신속하게 진료할 수 있도록 준비했다. 의사가 암 덩이를 손으로 잡아봤다.

"많이 줄었네요."

의사의 그 한마디에 갑자기 세상이 밝아지며 환희가 느껴졌다. 내 주변에 무지갯빛 폭죽이 터지는 것 같았다.

"정말요? 많이 줄었다는 거지요? 와~ 감사합니다."

살면서 이렇게 "감사합니다"라는 말을 자주 해본 적이 있던가. 암 크기만 줄어도, 통증만 줄어도, 밥맛만 좋아도, 화장실만 잘 가도, 내 마음 깊은 곳에서 감사의 마음이 곰국처럼 우러나왔다. 힘든 일이 생기고 짜증 나는 일이 생길 때마다 그때 그 마음을 떠올려본다. 일상의 모든 것에 감사하던 그때를.

옷 단추를 잠그고 의사 앞에 앉았다. '많이 줄었다고 했으니 이제는 수술 날짜만 잡으면 되겠지'라는 생각을 하며 의사를 바라봤다. 그런데 의사가 화면을 말없이 뚫어져라 쳐다보며 고개를 갸웃거렸다. 갑자기 불안해졌다. 침을 꼴깍 삼키고 의사가 말을 꺼내기를 기다렸다. 그 짧은 몇 초 동안이 영겁의 세월처럼 길게 느껴졌다.

"아… 많이 줄긴 했는데 애매하네요. 암 위치가 유두 근처라…. 전절제를 해야 할 수도 있을 것 같고 부분절제가 가능할 것 같기도 하고…"

"네? 많이 줄었는데 전절제요? 항암을 통해 암 크기를 줄여 부분절제 하겠다고 하셨잖아요. 선생님, 부분절제는 몇 센티미터부터 가능한가요?"

"이 위치에서는 2센티미터 이하여야 가능할 것 같아요. 그런데 암 크기가 참 애매해요. 지금으로선 확정하기가 그렇고요. 일단 MRI를 찍고 다시 보시죠. MRI를 찍으면 좀 더 명확할 것 같습니다."

유방 전체 조직을 자르는 전절제 수술보다는 암이 있는 부위만 일부 잘라내는 부분절제 수술을 하기를 바랐다. 부분절제 수술은 전절제 수술보다 수술 시간이 짧고 회복이 빠르고 유방 보존도 되기 때문이다. 전절제 수술을 하면 유방 복원도 해야 하고 뒤에 거쳐야 하는 과정이 더 많았다. 진료 후 '멘붕'이 된 내 마음속에서는 '뭐 하나 그냥 쉽게 넘어가는 게 없다'는 생각에 짜증이 솟구쳤다.

조직검사를 할 때 암이 아닐 것이라고 생각했지만 암이었다. 항암을 피해갈 수 있을 거라는 기대감을 갖고 맘마프린트 검사를 했는데, 결과는 '고위험'으로 나와 항암을 해야 했다. 선항암을 통해 암 크기를 줄여 부분절제 수술을 할 수 있을 것이라는 희망을 가졌는데, 또 그 희망이 배신당했다. 항상 미래를 낙관하고 최악의 상황은 별로 고려하지 않는 성향의 내게 잇달아 벌어진 '희망의 배신'들은 더 큰 아픔이었다.

'아…. 사는 게 왜 이리 쉽지 않지?'

인생을 살다 보면 수시로 고비가 찾아오듯 투병 과정에도 고비가 수시로 찾아왔다. 그때 온 고비는 '센 놈'이었다. 눈물이 팍 쏟아질 것만 같았다. 실망과 좌절의 회오리바람이 그동안 애써 가꿔온 희망과 긍정의 싹마저 뽑아버릴 태세였다. 가만히 있으면 우울의 늪에 빠질 것 같아 일단 밖으로 나갔다. 그리고 걷고 또 걸었다.

배우 하정우가 쓴 책《걷는 사람, 하정우》(문학동네, 2018)를 보면, 하정우 씨는 힘들수록 몸을 움직인다. 특히 육체 피로가 쌓인 상태가 아닌, 정신적 에너지가 고갈된 상태라면 가만히 누워 쉰다고 문제가 해결되지 않는다고 그는 말한다. 답이 없는 문제들로 마음이 힘들 때, 몸과 마음이 완전히 고갈되었다는 느낌이 들 때, 그는 운동화를 신고 밖으로 나가 걸었다. 누워 있고 싶고 꼼짝도 하기 싫은 날이라도 한 발짝만 떼고 걸으면 한결 달라진 자신을 발견했고, 급기야 그는 '걷기 예찬론자'가 됐다.

나 역시 이날 하정우 씨처럼 무작정 운동화를 신고 집 밖으로 나가 걷고 또 걸었다. 지금 생각해도 집에서 가만히 누워 있는 것보다는 백배 나은 선택이었다. 한참을 걸은 뒤, 누구보다 내 마음을 이해해줄 것 같은 리아(별칭) 선배와 환우 친구들에게 전화를 걸었다. 그들에게 하소연을 실컷 한 뒤, 집에 들어가 남편에게 안겨 한바탕 또 펑펑 울었다. 그러고 나니 심란했던 마음이 조금 진정됐다.

마음이 차분해지니 전날 친구 희주(별칭)가 카톡으로 보내준 김동호 목사의 유튜브가 듣고 싶어졌다. 기독교계의 원로인 김동호 목사는 폐암 진단을 받고 폐의 20퍼센트를 절단하는 수술을 받았다. 그는 항암치료를 네 번 받았는데, 항암치료 뒤 암 환우들을 위해 유튜브로 '날마다 기막힌 새벽'이라는 묵상 영상을 유튜브에 올리고 있었다. 김 목사의 유튜브 영상을 몇 개 보다 보니 부정적이고 짜증 났던 마음들이 사라지기 시작했다. 아직 아무것도 결정 나지 않았는데, 지레 겁먹고 걱정하고 짜증 내는 내 모습이 객관화되기 시작했다.

'내 마음대로 되지 않는다고 이렇게 속상해하고 짜증 내지 말자. 또 아무것도 속단하지 말자. 지금 이 자리에서 내가 할 수 있는 일에 집중하고 최선을 다하자. 적어도 최선을 다하면 후회는 없으니까. 그리고 어떤 결과든 내가 최선을 다했다면 그 결과가 나를 위한 최고의 결과라고 생각하고 받아들이자. 부분절제든 전절제든. 더 중요한 것은 매일 기쁘게 사는 것. 삶에서 더 중요한 것들이 많은데 부분절제냐 전절제냐로 너무 속 끓이지 말자. 지금 내 삶에서 소중한 것들을 놓치지 말자!'

그로부터 2주 뒤 MRI 결과를 듣는 날이었다. 유방외과 진료실에 앉으니 심장이 제멋대로 뛰었다. 의사는 영상을 보더니 "암 크기가 2.3센티미터네요. 전절제술 하시죠. 안전하게 전절제하고 복원하죠."라고 단호하게 말했다.

"하…." 친정엄마와 나는 둘 다 깊은 한숨을 토해냈다. "항암 한 번 더 남았는데 더 줄어들 수는 없을까요?"

"글쎄요…. 제 경험상 그러지는 않을 것 같아요. 0.1밀리미터나 줄어들까. 기적이 일어난다면 모를까, 그러지는 않을 것 같아요. 성형외과 진료 잡아드릴 테니 복원 상담하시고 수술 날짜 결정하시죠."

"림프 쪽 암은 어떨까요?"

"거기는 수술해서 열어봐야 알 것 같아요."

어떤 결과가 나오든 받아들이자고 마음먹었지만, 막상 의사가 전절제하자고 하니 눈앞이 하얘지면서 아무 말도 나오지 않았다. 진료실을 나오니 눈물이 폭포수처럼 흘러나왔다. 마음의 집이 와르르 무너져 내리는 기분이었다. 걷고 또 걸었지만 그래도 마음이 괜찮아지지 않았다. 지난번보다 더 센 놈이었다. 누구와도 얘기하고 싶지 않았고, 기분은 착 가라앉았다. 정처 없이 유방암 카페도 돌아다니고, 유튜브도 보고, 그러면서 헛헛한 마음을 달랬다. 절망과 좌절의 회오리바람이 또다시 내 마음을 휘저었고, 나는 조용히 앉아 그 회오리바람을 응시했다. 애쓰며 피하지 않았고, 바람이 부는 대로 그냥 놔뒀다. 그러는 와중 우연히 듣게 된 여행스케치의 〈별이 진다네〉라는 노래 가사가 내 가슴 깊이 들어와 꽂혔다.

어제는 별이 졌다네/ 나의 가슴이 무너졌네/ 별은 그저 별일 뿐이야/ 모두들 내게 말하지만/ (중략)/ 나의 꿈은 사라져가고 슬픔만이 깊어가는데/ 나의 별은 사라지고/ 어둠만이 짙어가는데

눈물을 흘리며 이 노래를 듣고 또 들었다. 최선을 다하되, 항상 최악의 상황도 염두에 둬야 덜 힘들겠다는 생각을 했다. 마음에 부는 바람을 그대로 바라보며 노래를 들으며 내 마음을 꼭 안아줬다.

'마음아, 괜찮아. 슬프면 슬프고 아프면 아프고, 두려우면 두렵고 서러우면 서럽고, 그래도 괜찮아. 그러다 또 괜찮아질 거야. 마음껏 슬퍼하고 마음껏 아파하고 그러다 언제 그랬냐는 듯 넌 또 일어설 거야.'

마지막 항암을

삶은 예측 불가능하다. 불과 2년 전만 해도 나는 내가 암에 걸리고, 항암을 하고, 가슴 한쪽을 잘라낼 것이라고 한 번도 생각해본 적 없다. 모든 일은 천둥 치듯 별안간 일어났고, 나는 내 인생에 갑자기 내린 이 소낙비에 내 방식대로 대처해야 했다. 회복 탄력성이 높은 편인 나는 비교적 빨리 암에 걸린 일을 수용했고, 항암치료라는 난관도 무사히 통과했다. 그러나 8번의 항암 끝에 왼쪽 가슴을 전절제해야 한다는 사실, 그 느닷없는 삶의 '펀치'를 맞고 나는 한동안 공포에 질려 있었다. 공포나 두려움이라는 감정은 삶을 있는 그대로 보는 감각을 마비시켜 비합리적인 사고를 확장시킨다. 내가 생각하지 못한 일이 일어날 수도 있다는 불안감 때문에 내가 현재 갖고 있는 것, 누리고 있는 것이 무엇인지 인식하지 못하게 만들어 '지금 삶'마저 엉망으로 만든다.

어느 일요일, 전절제 결정 때문에 한편으로는 슬픈 마음을, 다른 한편으로는 원망하는 마음을 안고 교회에 갔다. 그날의 설교 제목은 우연인지 필연인지 모르겠지만 '범사凡事 감사는 감사의 일상화'였다. 목사님은 '무엇이든 당연하게 생각하고 감사할 줄 모르는 사람은 일상에서 행복을 느낄 수 없다. 그러나 범사에 감사할 줄 아는 겸손한 사람에게는 자꾸 감사할 일이 생기고 행복의 선순환이 생길 수밖에 없다'고 말씀하셨다. 원망하는 마음이 컸던 나를 돌아보게 됐지만, 무작정 '감사하다'라는 마음이 발현되지는 않았다. 그러다 예배가 끝나고 집에 돌아가는 길에 대장암을 극복한 권사님을 만나 함께 길을 걷게 됐다. 자연스럽게 감사라는 주제로 대화가 이어졌다.

"민지 엄마, 민지 엄마는 그래도 얼마나 행복해. 주사 맞으러 갈 때마다 친정엄마나 남편이 함께했잖아. 진짜 그것도 복이다, 복. 나는 그때 얼마나 서러웠는지 몰라. 수술 잘 받고 회복 잘하면 될 거야. 수술할 수 있는 것도 얼마나 복인지 몰라. 5년 전에 내가 요양병원 있을 때 요양병원에 함께 있었던 언니가 있어. 그런데 그 언니는 지금도 항암 중이야. 다른 곳에 전이가 돼 수술이 불가능한 거지. 그러니 수술할 수 있는 것도 감사, 항암을 할 수 있는 것도 감사지."

권사님은 암 투병하면서 항암 주사 맞으러 간 8번 모두 혼자 가셨다고 했다. 권사님의 큰아들은 외국에 있었고, 작은아들은 지방에서 일하면서 생계 꾸리느라 바빴다. 남편은 맞벌이 부부였던 큰 며느리가 일터에 나가는 동안 손녀들을 돌보는 역할을 담당했다. 주변에 아무도 병원에 가 줄 사람이 없어 혼자 항암을 하러 다녔다고 했다. 요양병원에 있다가 혼자서 주사를 맞고 다시 돌아가면서 같은 방쓰는 분들에게 "내 밥 좀 받아줘" 부탁해서 항암 뒤 저녁밥을 혼자 먹었는데 그렇게 눈물이 나왔다며 권사님은 눈물을 글썽이며 말했다. 그 서러움이 느껴지며 나도 눈물이 나올 뻔했다. 권사님 이야기를 듣고 나니 비로소 내가 가진 것들이 보였다. 컵에 물이 반 컵 채워져 있을 때, 그것을 반밖에 안 남았다고 볼지, 반이나 남았다고 볼지는 결

154

국 내가 결정한다. 전절제에 초점을 맞출지, 수술할 수 있다는 가능성에 초점을 맞출지는 내 선택이었다. 그 순간에도 나는 삶을 어떻게 살지 선택하고 있었다. 그런 인식이 생기자 자연스럽게 나는 내 인생의 컵에 얼마나 많은 물이 담겨 있는지 살펴보게 됐다. 힘들고 두려운 항암 주사를 맞으러 갈 때마다 함께 해주고 부작용으로 힘들 때마다 물심양면으로 응원해준 가족, 친구, 동료, 지인들, 비록 전절제지만 수술할 수 있다는 가능성, 대지 위를 걸을 수 있는 감사한 사실과 떠오르는 태양과 해 질 녘 노을을 바라볼 수 있는 시간들, 그리고 여전히 남은 내 한쪽 가슴까지….

관점을 바꾸니 감사한 일들이 자꾸 눈에 들어왔다. 2021년 6월 22일은 마지막 8차 항암 하는 날이었다. 5시간 반에 걸쳐 주사를 맞고 항암 낮병동 앞에서 엄마와 기념사진을 찍었다.

"어쨌든 막항(마지막 항암)이네, 와~ 너무 좋아! 안녕! 낮병동! 다시는 만나지 말자. 그동안 우리 엄마가 제일 고생 많았어요. 엄마 고마워요!"

"그래 끝이다~. 엄마가 뭐가 고생해. 네가 제일 고생했지. 수술하고 얼른 회복해라. 그리고 다시는 아프지 마."

도세탁셀 마지막 주사를 맞을 때 주삿바늘을 하나도 아프지 않게 꽂아주는 간호사님께 "감사해요, 정말. 8차 항암하면서 한 번도 주삿바늘 아프지 않게 꽂아주셔서 얼마나 감사한지 몰라요"라고 말했다. 다섯 살 아이를 키우고 있다는 간호사는 환한 미소를 지으며 "마지막 항암이시네요. 꼭 완치하세요. 그리고 환자분 혈관이 도와준 것도 있어요"라고 답했다. 간호사의 따뜻한 말과 친절한 미소가 향긋하게 느껴졌고, 독한 항암제를 잘 견뎌준 내 혈관에게도 고마웠다.

버스를 타고 집으로 돌아가는데, 그동안 있었던 수많은 일이 주마등처럼 스쳐 지나갔다. 7개월이라는 시간이 7년처럼 느껴졌고, 짧은 시간 안에 인생의 희로애락을 진하게 맛본 느낌이었다. 항암 주사 한 번씩 맞을 때마다 살얼음 위를 걷는 기분으로 지나왔는데, 끝이라고 하니 얼마나 시원하던지! 어쨌든 8차 항암을 잘 끝낼 수 있어 감사한 날이었다.

남편은 항암 종료한 날 행운목을 사 들고 들어왔다. 물만 주면 잘 키울 수 있고 미세먼지 등도 흡수한다고 했다.

"양선아 항암 종료 기념 행운목"이라고 쓰인 작은 팻말이 꽂힌 행운목을 손에 드니 또 감사한 마음이 샘솟았다. 그때 선물 받은 행운목은 1년이 지난 지금도 여전히 건강하게 잘 자라고 있으며, 새순도 여러 개 돋아 풍성하다. 행운목을 볼 때마다 그때 그 마음이 떠오르며 미소가 지어진다.

삶은 선택의 연속이다. 전절제 결정이 나니 이제 복원 방법을 골라야 했다. 아예 복원하지 않는 사람도 있지만, 양쪽 가슴의 균형이 맞지 않아 척추가 틀어지거나 어깨가 처지는 등의 일을 예방하고 싶었다. 또 절제된 한쪽 가슴이 계속 내게 유방암을 떠올리게 할지도 모른다는 심리적 거부감도 있었다. 물론 인조 유방을 착용하는 방법도 있지만, 매번 인조 유방을 챙기며 사는 일도 귀찮고 힘들 것 같았다.

복원 방법에는 보형물(실리콘 인공 삽입물) 복원과 복부 복원 두 가지 방법이 있었다. 보형물 복원은 실리콘으로 만들어진 가슴 모양의 인공 삽입물을 넣어 복원하는 것이고, 복부 복원은 복부에서 자신의 피부와 지방, 근육을 한 덩어리로 옮겨 유방을 만들어주는 것이다.

유방암 관련 책들을 보면, 유방의 크기가 적당하고 많

157

이 처지지 않은 경우나 복부 조직이 모자라거나 유방이 작은 경우에 보형물 복원이 적당하다고 설명한다. 수술 시간도 2~3시간으로 짧아 회복이 빠르다고 했다. 다만, 미국 엘러간사社가 만든 거친 표면 보형물이 희귀암을 발생시킨 사건 등에서 보듯 보형물의 안전성에 대한 잠재적인 우려가 있을 수 있고, 보형물 삽입 뒤 '구형구축'이나 '리플링 rippling 현상'이라는 부작용의 발생 가능성도 있었다. 구형구축은 체내에 삽입된 보형물을 피막이 감싸면서 피막이 단단하게 굳어 보형물의 변형이나 통증을 유발하는 것을 말하고, 리플링 현상이란 몸을 앞으로 숙였을 때 보형물의 접힌 부분이 물결처럼 보이고 만져지는 현상을 말한다.

복부 복원은 자신의 복부 조직을 이용하기 때문에 보형물 복원에 비해 훨씬 자연스럽고 만졌을 때의 느낌도 좋지만 아랫배에 일자로 큰 흉터가 남을 뿐만 아니라 수술 시간이 7~8시간으로 큰 수술이었다. 미세 현미경 수술로 혈관을 이어주는데 간혹 피부가 괴사되어 재수술하게 되는 경우도 있다고 했다.

당시 나는 아무리 책을 읽고 설명을 들어도 어느 쪽을 선택해야 할지 결정하기 어려웠다. 그러다 이미 복원 수술

을 한 지인들과 항상 조언을 구하던 의학전문기자 선배의
의견까지 듣고 보형물 복원을 결심하게 됐다.

수술 후 입원한 병실에서 복부 복원한 환우들을 만났
는데, 그 수술을 감당한 분들을 존경하게 됐다. 수술 시간
만 7~8시간일 뿐만 아니라, 수술 후에 V자 형태로 몸을 고
정한 침대에서 1~2일 동안 금식하고 꼼짝거리지도 못하
는 그들을 보며 '인간 승리'라는 생각을 했다. 수술 후 고작
6시간 물 마시지 못하는 것도 힘든 나 같은 사람에겐 보형
물 복원이 적합하다. 마지막 항암, 전절제와 보형물 복원
이라는 결정까지 마치고 이제 수술할 차례가 돌아왔다. 주
사위는 던져졌고, 나는 다음 여정을 위한 준비에 나섰다.

뭐든 뚜껑을 열어봐야

아는 법

선항암을 한 유방암 환자라면, 마지막 항암을 한 뒤 3~5
주 사이에 수술을 하는 것이 가장 좋다. 항암 뒤 3주는 지
나야 몸이 회복되는데, 또 수술이 너무 늦어지면 암이 어
디로 튈지 모르기 때문이다. 수술 날짜가 잡혔고, 수술하
기 열흘 전 종양내과 선생님을 만나 마지막 항암 뒤 진행
한 PET(양전자 방출 단층촬영)검사와 CT검사 결과를 들었다.
7차 항암 뒤 만난 유방외과 의사는 겨드랑이 림프절 쪽 암
에 대해서 "열어봐야 알 수 있어요"라고 말했다. 그 뒤 항암
을 한 번 더 했으니 선생님에게 "림프 쪽 암이 사라졌네요"

라는 말을 들을 수 있지 않을까 하는 기대감이 있었다. 항상 희망을 품고 사는, '포기란 배추를 셀 때나 쓰는 말'이라고 가슴에 새기고 사는 나는 벌렁거리는 가슴을 안고 진료실로 들어갔다.

"기분 어때요?"

의사가 대뜸 이렇게 물었다. 항상 본론으로만 직행하던 의사가 내 감정에 대해 궁금해하니 당황스러웠다. 머릿속에서는 "후련한데 (전절제라) 섭섭해요", "기뻐요", "멍해요" 등등 여러 말이 둥둥 떠다녔지만 "음…" 하고 머뭇거렸다. 3초 정도의 시간이 흘렀을까. 의사는 내 얼굴을 보며 "괜찮죠? 결과도 좋은데"라고 말했다. '결과가 좋다'는 말이 화살처럼 빠르게 귀에 꽂혔고, 내 입에서는 조건반사적으로 "정말요?"라는 말이 튀어나왔다.

"이게 암 진단 직후 찍은 PET, 이게 최근 찍은 PET인데요. 왼쪽 유방에 밝은 것 보이죠? 이게 밝으면 밝을수록 독한 거예요. 예전 영상보다 최근 영상은 밝기가 많이 꺼져 있고, 크기도 작아진 것 보이시죠. 겨드랑이 임파선에도 약간씩 밝은 게 있었는데 지금은 명확하지가 않아요."

컴퓨터 화면으로 보니 내가 보기에도 밝기 차이가 두드

러졌다. "CT 결과도 절반 정도 작아졌다고 보면 되겠어요. 호르몬 수용체 있는 사람이 이렇게 반 정도 작아지기가 쉽지 않아요. 호르몬 수용체 없는 분들은 많이 작아져요. 아예 없어지기도 해요. 그렇지만 그런 분들은 잘 없어졌다가 재발되는 경우도 많아요. 그런데 호르몬 수용체 있는 분들은 잘 줄어들지도 않지만, 또 쭉 그대로 가는 편이죠. CT상으론 림프절 암은 큰 변화가 없어 수술장에서 열어봐야 알 것 같아요. MRI도 이전과 비교해보면 이렇게 퍼져 있던 것이 이렇게 모아졌죠. 많이 좋아졌어요. 수술할 수 없던 상태에서 수술 가능한 상태가 됐고, 수술만 잘하고 오시면 됩니다."

의사는 수술 후 앞으로 호르몬 치료를 잘해야 한다고 강조했다. 내 암 타입은 여성호르몬 양성, 허투 음성인데, 이는 내 유방암 세포가 여성호르몬을 먹이로 삼아 자란다는 의미다. 진단 직후 조직검사에서 내 암세포는 여성호르몬 수용체 중 에스트로겐은 90퍼센트, 프로게스테론은 80퍼센트로 호르몬 강성이었다. 따라서 난소 기능을 억제하는 주사를 매달 맞고, 항호르몬제인 타목시펜이라는 약도 먹어야 한다고 설명했다. 타목시펜은 암세포의 에스트로겐 수용체에 달라붙어 진짜 에스트로겐과는 결합하지 못하게 막아 암세포의 성장을 막는다. 환자에 따라서 안면 홍조나 생리 중단, 자궁내막 두께 증가 또는 자궁내막암 발생, 관절통, 우울증, 탈모 등과 같은 부작용을 경험한다. 따라서 산부인과 검진을 정기적으로 해야 한다. 아무래도 림프절 쪽 암이 계속 신경 쓰여 의사에게 재차 질문했다.

"CT에서 림프 쪽 암의 변화가 없다면 림프 쪽에 그대로 암이 있다는 것이고, 곽청술을 해야 한다는 의미일까요?"

곽청술(겨드랑이 림프절 절제술)은 유방과 연결돼 있는 림프절과 주변 림프관들을 잘라내는 것을 말한다. 쉽게 말해 겨드랑이 조직 일부를 잘라낸다고 보면 된다. 유방에서 생긴 암세포가 조직 내에서 떨어져 나와서 림프관에 들어오면, 림프관 중간마다 위치해 여러 이물질을 처리하는 림프절에서 걸러진다. 그런데 림프절에서 걸러지다가 그대로 암이 전이돼 림프절에 종양이 발견되기도 하는데, 이런 경우 림프절을 잘라내 암의 재발 및 전이를 막는다. 림프관은 인체 내 노폐물과 과도한 수분 등을 '림프액'이라는 체액으로 만들어 빼내는 구실을 하는 일종의 하수도다. 그런데 이런 림프관과 면역 반응에 있어 중요한 림프절을 제거하면 당연히 몸에 영향을 줄 수 있다. 곽청술을 한 환자 10명 가운데 2~3명 정도는 수술한 팔이 통통 붓는 림프부종을 겪거나 팔의 감각 이상 및 운동 장애라는 어려움을 겪는다고 한다. 왼쪽 가슴은 잘라낸다 치더라도 곽청술은 피하고 싶은 마음이 굴뚝같았다.

"지금 나온 결과로는 말할 수 없어요. 없을 가능성도 있는데, 수술장에 들어가 감시림프절(암세포가 최초로 전이되는 림프절을 떼서 검사하는 것)을 떼서 병리과에 보내요. 만약 거기서 암세포가 나오면 곽청술을 하는 게 맞고요. 아니라면 곽청술을 하지 않지요. 제가 한다 안 한다 말할 수 있는 것이 아니고, 유방외과 선생님이 수술하면서 검사 결과에 따라 결정하지요."

뚜껑을 열어봐야 알 수 있다는 것은 유방외과 의사나 종양내과 의사 모두 같은 의견이었다. 이처럼 암 치료 과정은 산을 넘으면 또 다른 산이 나온다. 인내심이 필요하다. 어디가 끝인지 모를 이 과정을 거치다 보면 감정은 오락가락하기 십상이다. 각종 검사도 끝없이 이어지고, 결과들으러 갈 때마다 심장은 쫄깃해진다. 항암을 하고 수술한다고 완전히 암에서 해방되는 것도 아니고, 식습관과 수면 습관, 스트레스 관리까지 생활 전반적인 것을 고쳐야 예후가 좋다.

암 치료 과정에서 배운 것은 내가 할 수 있는 것과 내가 할 수 없는 것을 분별하고, 지금 내가 할 수 있는 것에 집중하는 태도다. 의사도 가족도 나를 대신해서 암과 싸워줄 수는 없다. 결국 나 자신이 주체가 되어 할 수 있는 것들을 꾸준히 해나가야 한다. 겨드랑이 쪽 암은 뚜껑을 열어봐야 알 수 있으니 내가 할 수 있는 것이 없었다. 내가 할 수 있는 것은 수술 전 영양 보충 및 체력 관리, 수술 후 간병 및 아이들 돌봄 시스템 짜기, 수건이나 칫솔 등과 같은 준비물 챙기기, 수술 후 관리법과 수술 후 발생할 수 있는 부작용 알아보기, 수술 뒤 입원할 병원 알아보기, 수술 잘되게 해달라는 기도 등이었다. 할 수 있는 일을 하면서, 나는 림프 쪽 암은 사라졌을 거라고 무작정 믿기로 했다.

수술 전날 밤 편지에 담긴

투명한 마음

'다른 사람이 기대하는 삶이 아닌 내가 진짜 원하는 삶을 살걸', '열심히 일만 하지 말고 가족과 좀 더 함께 시간을 보낼걸', '친구들을 더 자주 만날걸', '내 감정을 솔직하게 표현할걸', '나 자신에게 조금 더 행복을 허락할걸.'

오랫동안 말기 암 환자를 돌보던 호주의 간호사 브로니 웨어가 전한 죽음을 앞둔 사람들이 공통으로 후회하는 5가지 목록이다. 죽음을 앞두고 대체로 사람들은 이렇게 자신에게 진실해지고 삶에서 정말 필요한 것이 무엇이었는지 깨닫게 된다.

수술을 앞두고, 아니 정확히 말하자면 수술하기 전날 잠들기 직전의 시간은 굳이 죽음을 앞두고 있지 않더라도 나 자신에게 가장 진실해지는 시간이었다. 유방 절제술은 내 인생에서 처음으로 하는 큰 수술이었다. 마취를 하고 수술실에서 4~5시간 정도 있는 일은 내게 미지의 영역이었다. 잘 모르면 무섭기 마련이다. 수술이 잘될 거라는 믿음이 있었지만, 또 수술 도중 무슨 일이 터질지도 모른다는 두려움도 공존했다. 그래서 수술하기 전에 중요하고 필요한 일들을 했다. 입원 전에는 한적한 시골의 펜션을 빌려 가족과 즐거운 시간을 보냈다. 영영 이별할 내 한쪽 가슴도 사진으로 찍어두었다. 또 투병하는 내내 곁을 지켰던 사랑하는 친정어머니와 남편, 그리고 눈에 넣어도 아프지 않을 두 아이, 내게 진정한 우정과 배려를 알려준 리아(예명) 선배에게 쓸 편지의 편지지도 골랐다.

2020년 7월 20일 오후 2시께 나는 입원 수속을 마쳤다. 6인실을 배정받았고, 침대는 출입구에서 두 번째였다. 30대부터 60대까지 환자 연령대는 다양했고, 병실 분위기는 무겁지만은 않았다. 수술 전날엔 그동안 나를 간호하고 집안 살림까지 하느라 무릎에 통증이 생긴 친정어머니에게

병원에 오지 말라고 했다. 수술 전날엔 남편과 함께 접수 신청을 마쳤고, 남편이 일하러 간 뒤에는 리아 선배가 나와 함께해주었다.

암 투병을 해보니 알겠다. 환자도 돌봄노동을 해야 하는 가족을 배려하고 주변의 인적 네트워크를 최대한 활용해 돌봄노동을 적절하게 분산해야 한다는 것을. 남편과 친정어머니에게 전적으로 의존하던 돌봄 시스템에 리아 선배가 들어와 적절하게 보완해주니 큰 도움이 되었다. 돌봄노동에 지쳐 몸 여기저기가 아프고 신경도 예민해졌던 친정어머니가 조금씩 마음의 여유를 찾아가는 것 같아 안도의 한숨을 쉬었다.

수술 전 결정할 중요한 일 중 하나는 간병 시스템을 어떻게 짤지 계획하는 일이다. 나는 수술 전날엔 남편과 리아 선배가, 수술 당일은 친정어머니가 병원에서 대기하고 남편이 아이들을 보살피다 수술 전과 수술 직후 아이들을 데려와 내게 얼굴을 보여주기로 했다. 수술 당일은 밤샘 간호가 필요했는데, 수술 당일 오후 6시부터 간병인과 함께하기로 했다. 남편은 야간 일도 하니 간병할 수 없었고, 친정어머니는 아이들을 돌봐야 하니 함께 있어 주기 힘들었다. 내가 입원한 병원은 간병인 사무실과 연계해주었는데, 전화하니 즉시 간병인과 연결됐다. 24시간 간병은 9만 원인데, 전절제 환자의 경우 10만 원이었다. 간병인은 70대 재중동포 할머니가 오셨는데, 성실하시고 다정하셨다. 보통 간병인들은 환자들 다리나 팔을 주물러주지 않는데 수시로 주물러주셔서 만족했다. 간병인의 도움을 일주일 받으니 나 혼자서도 느릿느릿하지만 생활활 수 있을 것 같아 다른 환자에게 소개해드렸다. 짧은 시간이지만 감사한 마음이 들었다.

입원을 하면 수술 전 검사가 진행된다. 유방 초음파검사, 자동 초음파검사, 유방 엑스선 촬영, 유륜 주사를 맞고 감시 림프샘 검사, 항생제 알레르기 반응과 같은 검사들이 계속 이어졌다. 입원해서도 여기저기 검사받고 수술 관련 설명 듣고 하다 보니 바빴다. 유방암 카페에서 환우들은 유륜 주사가 많이 아프다고 해서 걱정했는데, 생각보다 많이 아프진 않았다. 참을 만했다.

이날 또 성형외과 처치실에 가서 수술 부위에 그림도 그리고 수술에 대한 설명도 들었다. 유방외과에서 왼쪽 가슴 조직을 피부만 남기고 전부 잘라내면, 성형외과에서 들어와 확장기를 삽입하면서 수술이 마무리된다고 했다. 그땐 설명을 들어도 도통 무슨 말인지 알 수 없어서, 그저 고개만 끄덕였다.

리아 선배는 나와 저녁 식사를 함께하고 저녁 8시 반께 병실을 떠나면서 내게 편지를 내밀었다. 선배는 편지와 함께 간병인 비용에 보태 쓰라며 현금까지 봉투에 넣었다. 침대에 앉아 편지를 읽는데 울컥했다.

고통은 삶의 본질에 더 집중하게 만들고, 왜 살아야 하는가, 어떻게 살아야 하는가 하는 주제에 천착하게 만들기 때문에 고통 속에서 배움을 얻은 사람들은 보통 사람과 다른 단단함이 있잖아. (중략) 선아 너는 내가 인간에게서 배우고 싶은 걸 가르쳐주었고, 내가 인간으로부터 받고 싶은 지지와 공감, 사랑을 주었고, 내가 인간에게서 찾고 싶었던 위대함과 아름다움을 보여주었어. 정말 고마워!

편지를 보며 눈물을 계속 흘렸다. 감동의 파도에 휩싸

인 나는 미리 준비한 편지에 답장을 써 내려가기 시작했다. '고마워', '사랑해', '미안해'라는 표현을 자주 하는 것이 좋다는 걸 알면서도 쑥스러워 잘 표현하지 못했는데, 수술을 앞두고는 그런 말들이 잘도 쏟아졌다. 오랜만에 쓰는 손편지였고, 편지를 쓰다 보니 한 장 두 장 줄줄 써졌다. 리아 선배, 친정어머니, 남편에게 편지를 쓰다 보니 밤 12시가 넘었다. 자정부터는 금식이 시작됐다. 두 아이에게도 편지를 쓰고 싶었지만 너무 지쳐 잠들었다. 그렇게 수술 전날은 바쁘고 충만하게 지나갔다.

여기서 잠깐! 유방암 카페에서 수술 후기 등을 읽고 준비물을 꼼꼼하게 준비했다. 내가 준비한 수술 준비물 리스트를 공개한다. 물건들을 많이 챙기는 편인데, 개인 성향에 따라 가감해도 될 것으로 보인다.

양선아의 수술 전 준비물 리스트

---

1. 얇은 이불, 작은 담요, 베개
   ▷ 병원에서 이불을 하나만 제공한다. 그런데 병실은 여름에 에

어컨을 틀어놓아 암 환우로서는 춥게 느껴진다. 수술 직후엔
더 춥다. 얇은 이불을 잠잘 때 덮고 작은 무릎 담요 등은 잠잘
때 침대에 깔거나 어깨에 숄처럼 걸쳤는데, 추위를 느끼지 못
했다.

▷ 추울까 봐 황토 매트를 챙겨갔으나 병실 내에선 전열 기구
사용이 금지라 무용지물이었다. 혹시라도 저처럼 챙겨갈 생
각하신 분들 참고.

▷ 간혹 병원 베개가 너무 높거나 낮아 편하게 잠을 못 자는 경
우가 있다. 이를 위해 자신의 베개를 챙겨가는 경우도 있다.

2. 빨대, 물통, 컵, 치약, 칫솔, 클렌징폼, 스킨로션, 죽염수

▷ 수술 직후 침대에 기대 물을 먹을 때 쏟을 수 있으니 준비해
간 빨대를 꽂아서 물을 먹었다. 유용했다. 아침에 일어나자
마자 항상 하는 죽염수 가글을 위해 죽염수도 준비했고 가글
도 꼬박꼬박했다. 그 외 세수할 클렌징폼과 스킨로션 등 보
습제도 작은 걸로 챙겨갔다.

3. 먹는 약(유산균 등)

▷ 간장약 등 평상시 먹는 약 등도 챙겨갈 것

4. 수건 4~5장, 가제 수건 등 손수건

▷   수건은 얼굴 닦고 머리 닦는 것 외에도 베개로도 활용할 수
    있고, 허리 아플 때 허리에 대고 자거나 팔 높게 하고 자는 데
    도 활용하는 등 다양하게 활용했다.

▷   가제 수건도 매우 유용. 마취 깨고 4시간 깨어 있어야 하고 7
    시간 금식인데 가제 수건에 물 묻혀 입술 닦아주고 물고 있
    으니 목마름을 해소할 수 있었다. 또 처음에 움직이지 못했
    을 때 간병인이 가제 수건에 물 묻혀 얼굴도 닦아주고 손도
    닦아주었다. 여러모로 가제 수건 활용도 굿!

5. 핸드폰 거치대, 핸드폰 충전기, 멀티탭, 이어폰

▷   고통과의 전쟁에서 가장 유용했던 것들. 양손을 제대로 쓰지
    못하는 상황에서 핸드폰 거치대에 핸드폰 고정해놓고 잠이
    안 오면 이어폰 끼고 유튜브나 영화 감상 등을 했다. 멀티탭
    하나를 준비해가서 핸드폰 충전하면서도 봤다. 같은 병동 사
    람들이 나더러 꼼꼼하게 준비했다고 말해주었다.

6. 슬리퍼, 갑 티슈, 물 티슈, 두루마리 화장지

▷   갑 티슈가 있으니 두루마리 화장지는 안 써서 집으로 돌려

보냈다.

7. 작은 쟁반과 여분의 젓가락, 포크, 숟가락, 그리고 과
   일과 과도, 종이컵

▷ 과일 좋아해서 과일을 챙겨갔다.

8. 팬티, 양말, 수면 양말, 안대

9. 수첩, 볼펜, 투명한 파일

▷ 수술 결과 등 메모할 수첩 / 퇴원 시 챙겨갈 서류 등 보관할
   투명 파일

10. 입원 중 겉에 걸칠 후드 집업

▷ 정작 담요를 쓰고 다녀 후드 집업을 입지 않았다. 배액관이
   어깨 쪽으로 나와 있어 오히려 담요를 숄처럼 두르고 다니는
   게 더 편했다.

11. 비니 등 모자

▷ 수술 후엔 식은땀을 많이 흘린다. 선항암해서 머리카락 빠진

분들은 비니 두 장 정도 챙겨가는 게 좋겠고, 항암 안 하시고 머리카락 안 빠진 분들은 머리끈을 챙기면 좋다. 머리를 감고 싶은 경우 미용실 등에서 머리 감겨주는 서비스가 있으니 이용하면 된다.

12. 책 두 권, 성경

이상이 나의 준비 리스트. 수술 준비하시는 분들에게 도움이 되기를!

드디어

수술받다

세 번째 수술이라고 했다. 오후 2시 정도면 수술장에 들어갈 줄 알았다. 그런데 갑자기 오후 1시 반에 같은 병실의 다른 환자가 호명됐다.

"○○○님 수술장 가실게요."

"네 번째라고 했는데, 제가 먼저 가는 건가요?"

"네, 교수님이 부르시네요. 수술장 사정으로 순번이 바뀌기도 합니다."

천안에서 왔다는 할머니는 기쁜 표정으로 이송 침대에 누웠다. "파이팅! 수술 잘 받고 오세요!" 병실 사람들은 한 마음이 되어 할머니께 응원의 말씀을 건넸다. 나와 할머니의 수술 순번이 바뀌었다. 부러운 눈빛으로 할머니를 바라봤다. 할머니는 가슴 조직을 늘려주던 확장기를 빼고 그 자리에 보형물을 집어넣는 수술을 받아야 했는데, 이런 수술은 성형외과에서 진행한다. 내 경우는 유방외과 의료진이 왼쪽 가슴을 전절제하면, 성형외과 의료진이 들어와 확장기를 삽입하는 수술을 해야 했다. 두 과의 스케줄이 맞아야 하는데 유방외과 수술이 늦게 끝나는지 수술 순번이 바뀐 것이다.

꼬르륵꼬르륵… 전날 자정부터 금식을 했으니 오후 5시가 넘어서니 허기가 느껴졌다. 수술 순번에 따라 환자들의 희비는 엇갈린다. 다들 빨리 해치우고 싶어 한다. 나 역시 배고픔은 견딜 만했지만, 온종일 대기하는 시간이 지루하고 힘들었다.

"양선아 님, 수술장으로 이동합니다!"

오후 5시 반이 되어서야 간호사는 내 이름을 불렀다. 드디어 수술한다! 마음속으로 환호성을 지르며 침대에 올랐다. 코로나19 사태로 수술장 앞 보호자 대기석도 사라졌다. 보호자는 엘리베이터 앞까지만 동행할 수 있다. 친정엄마가 병실에서 대기했고, 남편은 아들과 함께 면회실에서 내 얼굴을 보고 집으로 돌아갔다. 엄마와 남편에게 내가 수술하는 동안 읽으라며 편지를 내밀었다.

수술장으로 가는 그 길이 왜 그리 멀게 느껴지던지…. 몸이 바들바들 떨렸다. 눈을 감고 주기도문을 외우고 복식호흡을 하면서 출렁거리는 마음을 다잡았다. "엄마 걱정하지 마~. 울지도 말고. 잘하고 올게. 엄마 사랑해." 엄마에게 사랑한다는 말을 하고 나니 엘리베이터 문이 철컥 닫혔다. 울지 않으려 입술을 꽉 물었지만 나도 모르게 눈물이 찔끔 나왔다.

수술장 안에는 수술하고 나온 환자 3명이 회복 중이었다. 부드러운 음악이 흘렀다. 잠시 대기하고 있으니 주치의가 어떤 문 안으로 침대를 끌고 들어갔다. 좁고 긴 복도를 따라 A, B, C 등으로 표기된 방들이 보였고, 나는 E1 방으로 옮겨졌다. '수술장은 어떤 모습일까?' 눈을 크게 뜨고 쭉 둘러보았다. 드라마에 나오는 수술장보다는 공간이 더 좁아 보였다. 각종 철제 도구들이 보였고, 수술 침대 너비도 매우 좁았다. 의료진이 바쁘게 오가고 수술 준비가 끝났다며 한 의사가 누군가에게 전화를 했다. 잠시 뒤 마취과 의사가 들어왔는데 여성이었다. 목소리가 부드러웠다. 의사가 "좀 따끔해요"라고 하면서 혈관에 꽂힌 주삿바늘 쪽을 부드럽게 만져줬다. 이상하게 편안함을 느꼈다. 그 뒤로 나는 의식이 없었다.

"양선아 님, 수술 잘 끝났습니다. 10분 정도 있다 병실로 이동합니다. 심호흡하세요."

한숨 푹 잘 잔 느낌이었다. 눈을 뜨자마자 시선이 시계 쪽으로 향했다. 밤 10시다. '어라? 자정이 다 돼 끝날 줄 알았는데 빨리 끝났네? 림프 전이가 안 됐나?' 기분이 좋았다. 복식호흡을 열심히 했다. 내 옆에 있던 할아버지 환자는 마취에서 잘 깨지 못하셨다. 간호사가 계속 할아버지 이름을 불렀다. 마취에서 잘 깨어난 것만도 감사했다.

잠시 뒤 이송 침대에 실려 병실로 향했다. 병실 사람들이 "고생했어요"라고 말하며 전투에서 살아남은 병사를 맞이하듯 환영해주었다. 제일 먼저 눈에 들어온 것은 엄마. 엄마와 눈이 마주치자마자 환하게 웃었다.

"세상에, 수술하고 돌아오면서 저렇게 환하게 웃으며 들어오는 환자는 처음 봐요." 간병인이 말하는 소리가 들렸다. 엄마는 말도 못 하고 나를 보기만 했다. "엄마 안 울었어? 나 수술 잘됐대. 걱정 마." "엄마가 왜 울어. 엄마 안 울었어. 괜찮아? 아이고, 고생했어. 수술 잘됐대." 옆에서 나를 부축해주던 간호사가 말한다. "쪼끔 우셨대요. 제가 어머니 우시는 거 봤지롱!" "그럴 줄 알았어요. 이렇게 수술 잘하고 올 걸, 왜 울어."

간호사의 부축으로 이송 침대에서 내 침대로 겨우 몸을 옮겼다. 물에 흠뻑 젖은 솜처럼 몸이 천근만근 무거웠다. "교수님 밑에 있는 분이 수술 중 나와서 전해줬는데, 암이 전이된 림프 3개 중 1개에서 암세포가 나왔대. 그래서 림프 떼고 있는데, 자기는 수술 중에 나와서 몇 개나 뗐는지 모른다고 하더라."

"정말? 수술 빨리 끝나서 림프 안 뗀 줄 알았는데, 흑."

곽청술은 안 하기를 간절히 바랐지만 그 기대도 무참하게 꺾였다. 겨드랑이쪽 살을 도려내는 곽청술이 진행됐고, 나중에 의무기록지를 떼어 확인해보니 림프절을 16개나 뗐다. 수술이 잘 끝났다는 안도감을 느끼기도 전에 림프 부종에 대한 걱정이 시작됐다. 그러나 그런 걱정을 계속할 수 없을 만큼 수술 후 통증은 심했다. 병원에서는 마약성 진통제를 주었다. 버튼을 누르면 진통제가 1시시씩 혈관을 따라 투입됐다. 진통제를 계속 눌러도 어깨나 등이 너무 아파 침대에 기대는 것조차 힘들었다. 푹신푹신한 큰 베개를 뒤에 놓고 거의 90도 가깝게 침대를 세워 앉아 있었다. 가슴과 겨드랑이 살을 도려냈는데 어깨와 등이 스치기만 해도 칼에 베이는 듯한 통증이 느껴졌다.

수술 직후엔 4시간 동안 절대 자면 안 된다. 수술하는 동안 폐가 쪼그라들어 다시 폐 기능을 복원시키려면 심호흡을 해야 하기 때문이다. 몸은 아픈데 눈꺼풀이 무거워 자꾸 눈이 감겼다. 수술 후 6시간은 금식이라 물조차도 안 준다. 비몽사몽 중에 목은 타들어갔다. 간병인이 물에 적셨다 꽉 짠 가제 손수건을 입에 물려주어 버틸 수 있었다. 새벽 2시까지 겨우 버티다 까무룩 잠들었다. 정말 푹 잤다. 아침인가 싶어 눈을 떴는데 정확히 새벽 4시다. 기가 막히게도. '아! 물을 먹을 수 있다!' 간병인이 물통에 빨대를 꽂아 물을 주는데 그 물이 얼마나 달콤하던지! 살 것만 같았다. 물을 잔뜩 먹고 다시 또 까무룩 잠들었다.

가슴 트고 사는 여자들의

'은밀한' 공감

"보형물 복원하신 거죠? 마음에 드세요? 확장기 빼고 보형물 넣으면 가슴은 좀 자연스럽나요? 보형물 복원 수술은 덜 아프다는데 정말 덜 아파요?"

모든 것이 낯설었다. 겉 피부만 남기고 왼쪽 가슴살을 도려내고 확장기를 넣어 가슴 조직을 최대한 늘린 뒤, 어느 정도 시간이 지나 그 확장기를 뺀 자리에 자연스러운 가슴 모양의 실리콘 보형물로 교체하는 수술을 한다고 성형외과 의사는 설명했다. 그런데 도대체 이전과 가슴이 어떻게 달라지는 것인지, 가슴 모양처럼 정말 만들어질 수 있는 것인지 구체적인 모습이 그려지지 않았다. 먼저 수술한 환자에게 뭔가 정보를 얻을 수 있을까 싶어 수술한 뒤 병실에서 만난 할머니 침대 가까이 다가갔다. 60대 할머니는 보형물로 교체하는 수술을 한 환자였고, 전절제 수술을 한 나보다 회복이 더 빨랐다.

"응~ 진짜 마음에 들어요. 이 나이 들어 가슴 복원할까 말까 고민했는데, 복원하길 정말 잘했다는 생각이 들었다니까. 나는 가슴 한쪽이 너무 크고 축 처져 있었는데 이번 수술하면서 다른 쪽 가슴은 축소하고 보형물 넣은 가슴에 맞춰 가슴선을 올렸어. 짝짝이 가슴 때문에 신경 쓰고 살았는데, 이제는 자신감 갖고 살 수 있게 된 것 같아. 전절제 할 때보다 통증도 덜하고 확실히 회복도 빠르네. 궁금하면 내가 내 가슴 한번 보여줄까?"

"정말요? 괜찮으세요?"

"보여줄 테니 커튼 치고 이리 와봐요."

수술 병실에서 처음 만난 사이지만 할머니는 선뜻 내게 가슴을 보여주겠다고 했다. 할머니가 환자복을 열고 가슴을 보여주는데 내 입에서 저절로 "와~"하는 탄성 소리가 나왔다. 양쪽 균형도 잘 맞고 가슴 모양이 너무 자연스러웠기 때문이다. 가슴만 봐서는 나이를 가늠하기 어려웠다. "정말 너무 수술이 잘됐네요. 축하드려요. 이제는 건강할 일만 남았네요"라고 말했고 할머니는 만족감 가득한 미소를 지으며 환자복 단추를 닫았다.

할머니뿐만이 아니었다. 이처럼 내게 가슴을 '트는' 사람들은 할머니 말고도 더 있었다. 마지막 항암 주사를 맞던 날, 암 진단 때부터 병원에서 만나 알고 지낸 언니가 병실로 찾아왔다. 유방암 3기 말 진단을 받은 언니는 항암의 효과가 좋아 암 크기가 확 줄어 부분절제 수술을 했다. 항암의 각종 부작용으로 몸과 마음이 힘들어 한동안 연락이 끊겼다가 다시 연락이 닿았다. 나의 마지막 항암 날과 언니의 병원 검진 날이 겹쳐 언니가 병실로 찾아왔다.

"선아 씨~ 진짜 고생 많았네. 마지막 항암 주사 너무 축하해! 이제 수술만 잘하면 되겠네."

내 손을 꼭 잡아준 언니와 도란도란 얘기를 나누었다. 항암을 할 때보다 훨씬 표정도 얼굴색도 밝아진 언니는 수술 이야기를 하다 "암 크기가 그렇게 줄어들다니 얼마나 다행이었는지 몰라. 수술도 너무 잘 됐어. 걱정 많이 했는데 잘 됐어. 내가 수술한 가슴 보여줄까?"라고 말했다. 가습을 보여주겠다는 언니의 말에 난 피식 웃음이 나왔다. '다들 왜 이렇게 내게 가슴을 보여주고 싶어 안달이야. 크크크.' 부분절제한 가슴은 어떤 모양일지 궁금하긴 했다. "언니만 괜찮다면 저야 보고 싶죠. 하하. 언니 정말 수술 잘됐나 보다~. 나한테 보여준다고 하고."

"교수님 정말 신의 손이야. 흉터도 크지 않고 수술 잘됐어. 부분절제하니까 회복도 빠르긴 하더라고."

언니가 커튼을 치고 웃옷을 올려 수술한 가슴을 보여주었다. 멀리서 본다면 수술 흉터도 잘 보이지 않을 것 같았다. "와~ 언니 정말 자연스러워요. 흉터도 크지 않고 수술 너무 잘 됐어요. 언니 정말 축하해요. 3기 말이라고 그렇게 걱정하더니 봐요. 이렇게 항암 효과도 좋고 부분절제 수술까지 받았잖아요. 모든 일이 잘될 거예요."

이 외에도 최근 항암치료 5년 후 완치 판정까지 받은 한 동료도 내게 기꺼이 가슴을 보여주었다. 유방암 2기 진단을 받은 그는 예방적으로 나머지 한쪽 가슴까지 전절제하고 양쪽 모두 보형물 복원을 했다. 내가 보형물 복원을 할지, 복부 복원을 할지 고민할 때 이 동료는 복부 복원한 사람들의 경험까지 알아봐 주는 등 실질적인 도움을 많이 주었다. 그는 내게 "보형물 복원을 하면 아무래도 보형물 있는 가슴이 차갑고 내 가슴이 아닌 것 같은 느낌은 있지만 시간이 지날수록 익숙해진다"며 "보형물 복원과 복부 복원 장단점을 잘 알아보고 선택하라"고 조언했다.

항암치료 4회 뒤 운동을 열심히 하며 자기 관리를 철저하게 했던 그는 내게 "암 진단 이전의 삶과 암 진단 후의 삶은 180도 바뀌었다"며 "이전의 삶으로 돌아가고 싶지 않다"고도 말했다. 무엇보다는 그는 암 진단 전보다 훨씬 강한 체력과 건강한 몸을 얻게 돼 높은 만족감을 느끼고 있었다. 건강한 식습관과 운동 습관을 가진 사람들과 어울리다 보니 만나는 사람들도 달라졌다고 했다. 그는 항암치료 뒤 걷기 운동부터 시작해 서서히 운동량을 늘렸고, 어느 정도 몸이 회복된 뒤로는 헬스장에서 개인 훈련PT을 받으며 근육량을 늘렸다고 했다. 그는 내게 건강한 암 경험자의 역할 모델이 되어주었다.

암 진단 뒤로 이렇게 여러 여성이 내게 자신의 유방을 보여주었고, 그런 그들의 행위는 타자에 대한 경계를 허물고 공감과 연대의 손길을 내미는 것처럼 내게 느껴졌다.

유방의 살을 도려내고 그 자리에 보형물을 넣든 복부 살을 떼어 붙이든 그 경험은 개별 여성에겐 매우 힘들면서 고유한 일이다. 그런데 누군가가 그 힘든 경험을 하기 전 걱정하며 떨고 있을 때, 먼저 그 길을 간 환우들은 자기 가슴을 보여주며 그렇게 최악의 상황은 벌어지지 않을 것이라는 안도감을 전해주었다. 유방을 보여준 환자 역시 자신의 유방을 타인에게 보여줌으로써 상대방에게 긍정적 피드백을 받고 수술한 가슴에 대한 자신감도 얻는 것으로 보였다.

수술한 후에도 이런 '은밀한' 연대와 공감은 계속됐다. 수술 후 회복하면서 상처와 흉터의 회복 정도, 새로 만든 유두의 크기 변화, 방사선치료를 받은 뒤 가슴이 딱딱해지는 정도 등을 환우들끼리 서로 공유하며 그 어려운 시기를 무사히 넘어왔다. 친근감의 척도를 나타내기 위해 어떤 이들이 '쌩얼'을 보이거나 방귀를 튼다면, '유방암 환우끼리는 가슴을 튼다는 말을 쓸 수 있지 않을까'라는 생각을 하며 피식 웃어본다.

인생은

►

새옹지마

"배액량이 줄지 않네요. 배액관 달고 퇴원하셔야겠어요. 하루 배액량 잘 확인하시고, 배액관이 막히지 않게 이 부분을 잘 눌러주셔야 해요."

가슴 절제 수술 뒤 일주일 동안 입원할 때, 간호사는 정해진 시간마다 배액량을 확인하고 배액관을 비워주고 소독도 해주었다. 배액관은 수술 부위에서 나오는 분비물이나 혈액 등이 고이지 않도록 배출시키는 역할을 한다. 가슴 위쪽과 옆구리 쪽으로 작은 구멍을 만들어 호스를 연결해 흡입기로 빨아들인다. 하루 평균 배액량이 30시시 미만으로 나와야 관을 뽑는데, 나는 퇴원하는 당일까지도 하루 70시시가 넘게 나왔다. 결국 작은 배액관 하나, 큰 배액관 하나를 달고 퇴원했다.

가슴 절제로 인해 가슴 쪽은 물론 등 통증이 심했다. 누우려고 힘을 주면 아파서 침대를 세우고 잠을 잤다. 가슴, 등 쪽 말고도 옆에 대롱대롱 달린 배액관은 더 불편하고 아팠다. 잘못 움직이다 배액관이 빠지기라도 하면 응급실에 가야하므로 조심해야 했고, 배액관이 잘못 꺾이면 제대로 분비물들이 나오지 않아 계속 신경을 써야했다. 배액관이 막히지 않도록 관을 짜줄 때면 마치 칼로 살을 그을 때처럼 소름이 끼쳤다. 2주가 지나면 배액관을 빼야한다는데 양이 줄지 않아 마음을 졸였다. 나중에 안 사실이지만, 배액관 양이 확 줄지 않았던 이유는 수술 후 아프다고 누워만 있으면 회복이 느리다는 이야기를 어디선가 듣고 그 아픈 몸을 이끌고 어떻게든 걸어보겠다고 너무 많이 움직인 탓이 컸다. 드레싱을 하러 외래로 병원을 방문했을 때 성형외과 간호사는 "최대한 안 움직여야 배액량이 빨리 줄어요. 다른 과 수술과는 좀 달라요"라고 말해주었다. 전절제술 뒤 배액량이 줄지 않아 고생했던 나는 1년 뒤 보형물 교체 수술을 한 뒤엔 많이 움직이지 않았다. 걷고 싶고 움직이고 싶어도 참고 '베짱이 놀이'를 즐겼더니 배액량이 빨리 줄어 배액관을 빨리 뺄 수 있었다. 배액관만 빼도 얼마나 살 것 같던지!

배액관을 빼고 난 뒤에는 유방외과, 종양내과, 방사선종양학과, 재활의학과, 산부인과 등 여러 과를 돌아다니며 진료를 받아야 했다. 유방외과에서는 최종 수술 결과를 확인하고, 촉진도 다시 했다. 유방외과 의사는 '전절제한 유방에서 최종적으로 2.3센티미터 유방 외에도 옆에 제자리암이 발견됐다'며 '제자리암까지 포함하면 암의 크기는 4.5센티미터 정도 된다'고 말했다. 의사의 설명에 나는 깜짝 놀라며 "수술 전 검사에서는 발견되지 않았잖아요. 그럴 수도 있는 건가요?"라고 물었더니 의사는 아무렇지도 않다는 듯 "흔히 있는 일이죠"라고 답했다.

인생은 새옹지마라고 했던가. 항암 8차를 하고 암의 사이즈를 줄여 부분절제를 하기를 원했던 나는 암 크기가 현격하게 줄지 않아 전절제를 해야 했다. 그 독한 항암제를 투입할 때도 씩씩하게 버텨온 나는 전절제 결정에 하늘이 무너질 듯 더 슬퍼했다. 그렇게 애를 쓰고 노력해도 어찌

할 수 없는 것이 있다는 사실에 무기력감을 느꼈던 것 같다. 그러나 그런 내 생각은 얼마나 짧은 생각이었던가. 최종 수술 결과를 보니 애초 발견된 암 외에도 그 옆에 제자리암(암세포가 비정상적인 증식을 일으킨 부위가 상피 내에 국한된 경우를 말하며 상피내암으로도 불린다)까지 있었다고 하니 전절제는 내게 딱 맞는 결정이었다. 제자리암은 유관이나 소엽의 기저막을 침범하지 않아 덜 위험하다고 하지만, 제자리암이 또다시 암으로 진행될 가능성도 얼마든지 있기 때문이다. 의사의 잘못된 판단으로 부분절제를 선택했다가 암이 재발해 다시 수술하고 그 힘든 항암을 다시 해야 하는 경우도 봤던 터라 나는 안도의 한숨을 쉴 수 있었다. 유방외과 의사의 전절제 결정은 정확하고 올바른 선택이었고, 그로 인해 나는 의사에 대한 신뢰가 더 깊어질 수 있었다.

그때 경험으로 나는 내게 일어나는 모든 일에 대해 섣불리 좋다 나쁘다 판단 내리지 않아야겠다는 생각을 했다. 지금 내게 일어나는 일이 좋은 일일지, 나쁜 일일지는 나중에 결정되는 경우가 많기 때문이다. 주변을 둘러봐도 고통스러운 일을 겪고도 그 일로 되레 새로운 삶의 의미를 찾는 경우가 있는가 하면, 좋은 일이라 생각했던 일이 나중에 고통의 씨앗이 되는 경우도 보았다.

법륜 스님이 쓴《스님의 주례사》(휴, 2018)에서도 이런 일화가 나온다. 몇십 년 전 한 학생이 데모를 하다가 감옥에 갔다. 이 학생의 어머니는 '제발 감옥에서 빨리 나오게 해달라'고 기도를 했고, 실제로 그 학생은 1심에서 집행유예로 풀려났다. 당연히 어머니는 기뻐했다. 그런데 이 아들이 3개월 만에 교통사고로 숨지고 말았다. 어머니는 스님에게 "그냥 감옥에 있었으면 죽지는 않았을걸. 내가 기도해서 꺼냈으니 내가 죽인 거야"라고 말하며 통곡을 했다고 한다. 스님은 이처럼 "한 치 앞을 내다볼 수 없는 것이 인생"이라면서 "소원을 이루면 정말로 좋을까요? 알 수 없어요. 그냥 최선을 다할 뿐이에요. 되고 안 되고는 중요한 게 아니에요"라고 말한다. 책을 읽으며 고개를 끄덕였는데, '인생은 새옹지마'라는 삶의 지혜를 내 일을 통해 피부로 체감한 것이다.

그날 이후 나는 내게 일어나는 일을 쉽게 판단하지 않고, 있는 그대로, 의연하게 받아들일 수 있었다. 통상적으로 전절제 환자의 경우 방사선치료를 하지 않는다. 그런데 방사선종양학과 교수는 림프절에서 암이 발견된 나는 국소 재발 방지를 위해 가슴과 목 부위 중심으로 16회 방사선치료를 하자고 했다. 방사선치료만이라도 피했으면 하는 맘이었지만, 의사의 현명한 결정이려니 생각하며 받아들였다. 방사선치료를 하려면 손을 만세 자세로 올릴 수 있어야 하는데, 수술 후 내 팔은 90도 정도만 올려졌다. 방사선종양학과 의사는 수술 후 3~4주 안에는 방사선치료를 시작해야 하므로 한 달 정도 재활치료를 해서 팔이 올려지도록 만들어오라고 했다. 재활의학과에 갔더니 내게 어깨의 유착성 관절낭염 진단을 내려 수술 후 약 3개월간 꾸준히 운동 치료를 받고 도수치료도 받았다.

종양내과에서는 수술도 끝났으니 여성호르몬 억제제인 타목시펜 20밀리그램을 날마다 먹고, 한 달에 한 번 고세렐린(일반적으로 졸라덱스라는 상품명으로 불린다)주사를 맞자고 했다. 이 두 조합으로 나는 40대 초반에 사실상 폐경을 하게 됐고, 약 부작용으로 갑자기 얼굴에 열이 올라오며 땀을 뻘뻘 흘리는 증상을 경험했다. 또 약 부작용으로 아침에 일어나면 '끙' 소리를 내고 발을 디뎌야 할 정도로 관절통도 생겼고, 불면증 증세도 나타났다. 이 외에도 부종, 체중 증가, 골밀도 감소, 시력 저하, 질 건조증 등 같은 부작용들을 겪었거나 여전히 겪고 있다. 항암과 수술이라는 큰 산을 넘으니 이렇듯 작은 산들이 내 앞에 떡하니 등장했다. 그러나 인생은 새옹지마이고 좋고 나쁜 일은 지금 알 수 없다는 생각을 하니 법륜 스님이 말한 대로 '그냥 최선을 다하자'는 마음이 저절로 생겼다. 어쩔 수 없이 겪어야 하는 부작용이니 부작용을 최소화할 수 있는 방법들을 찾아 내가 할 수 있는 만큼 했다. 관절과 연골에 좋다는 식이유황MSM을 복용했는데 관절통 감소에 도움이 됐다. 걷기 운동과 햇빛 쬐기, 필라테스나 스트레칭, 복식호흡 등을 꾸준히 하면서 불면증 증상도 많이 개선됐고 부종도 많이 좋아졌다. 골밀도 검사에서 골감소증이 발견돼 칼슘제를 먹기 시작했다. 타목시펜을 장기 복용하는 경우 자궁내막이 두꺼워지거나 아주 드물게 자궁내막암도 발생할 수 있기 때문에 산부인과 진료도 6개월마다 정기적으로 보고 있다. 그렇게 나는 내 앞의 작은 산들을 넘기 위한 발걸음을 내디뎠다.

방사선치료

우리 몸은 적응력이 대단하다. 수술 뒤엔 팔이 90도 정도로만 올려지더니, 재활치료와 도수치료를 받으며 유착된 겨드랑이 근육을 늘리고 팔 운동을 꾸준히 하니 만세 자세가 나왔다. 기가 막히게도 방사선치료 직전에.

2020년 9월 첫날부터 방사선치료를 시작했다. 방사선 치료는 고에너지 방사선을 이용해 세포의 증식과 생존에 중요한 물질인 핵산에 화학적인 변성을 일으켜 암세포를 죽이는 치료 방법이다. 정상 세포도 방사선에 의해 손상을 받지만, 암세포와 달리 시간이 지나면서 세포가 잘 회복된다. 방사선치료는 정상 세포와 암세포의 이러한 차이를 이용한다.

치료 시작 일주일 전 방사 설계라는 것을 한다. 방사선을 정확한 부위에 쬐기 위해 피부에 잉크로 줄을 긋는데, 이때엔 옷 단추를 풀고 방사선을 쬘 가슴 부위를 드러내고 누워있어야 한다. 유방외과, 성형외과에서 가슴 드러내놓고 누워 있었던 경우가 많아 익숙해질 만도 한데 새롭게 방사선종양학과에 와서 새로운 선생님들에게 가슴을 드러내놓자니 또다시 곤욕스러움이 느껴졌다. 특히 방사 설계할 때 잉크로 줄을 그을 땐 내가 정육점의 고기 같은 기분이었다고나 할까.

병원에선 잉크 선이 지워진다고 샤워를 금지했다. 그러나 날씨도 후덥지근하고 땀도 흘리는데 어떻게 샤워를 하지 않을 수 있단 말인가. 땀을 내지 않겠다고 운동도 하지 않고 가만히 있다가는 면역력만 더 떨어지겠다는 생각을 했다. 그러던 와중 요양병원에서 만난 언니 가운데 방사 치료 경험자가 가벼운 샤워를 해도 줄이 지워지지 않았으며, 줄이 살짝 지워지더라도 선생님들이 다시 그려준다고 알려주었다. 방사 치료 시작 전 땀을 많이 흘린 날 가볍게 샤워를 했고, 언니 말대로 첫날 다시 선을 덧그리는 작업을 했다.

치료는 거대한 기계에 만세 자세를 하고 누워 받는다. 몸이 바짝 긴장이 됐다. 기계는 내 몸뚱어리를 빙빙 돌았다. 뭔가 파동이 느껴지는 것 같기도 하고 뜨뜻함이 느껴지는 것 같기도 했다. 짧은 시간이지만 그 시간은 왜 그렇게 길게 느껴지던지…. 치료실엔 아무도 없고 차가운 기계에 나 혼자 누워 있었다. 눈을 떴다 감았다 반복하다 눈을 지그시 감았다.

'차라리 주기도문을 외우자. 하늘에 계신 우리 아버지. 아버지의 이름을 거룩하게 하시며, 아버지의 나라가 오게 하시며, 아버지의 뜻이 하늘에서도 이루어지게 하소서. 오늘 우리에게 일용한 양식을 주시고 우리가 우리에게 잘못한 사람을 용서해 준 것과 같이 우리 죄를 용서하여주시고, 우리를 시험에 빠지지 않게 하시고 악에서 구하소서. 나라와 권능과 영광이 영원히 아버지의 것입니다. 아멘.'

주기도문을 외우며 두려움을 떨치려 애썼다. 기계음과 내 몸에 들어오는 방사선들에 대한 막연한 두려움이 몰려들어 왔기 때문이다. '차라리 조용한 음악이라고 틀어줬으면…' 하는 생각이 간절했다. 각종 생각이 스치는 중에 지금이 방사선이 '치료의 광선'이 되어 내 몸을 빛으로 감싸고, 모든 안 좋은 것들을 다 없애게 해달라고 기도했다.

몇 분이 지났을까. 빨리 끝나면 좋겠다는 생각을 하던 찰나에 방사선사 선생님들이 치료가 다 끝났다고 들어왔다. 기계에서 일어서니 머리가 묵직하다. 머리도 지끈거리고 힘도 없었다. 가슴도 약간 뜨뜻한 것 같다. 방사선사 선생님이 "어때요? 긴장 많이 하셨지요? 앞으로 이렇게 치료할 겁니다"라고 말했다. 너무 긴장을 했나. 항상 뭔가 새로운 치료에 돌입하면 긴장이 된다.

요양병원에 돌아와 가슴에 양배추도 올려보고 알로에 젤도 발랐다. 병원에서 주는 방사 크림인 스트라타 로션도 발랐다. 첫 치료를 받아보니 체력관리를 잘해야 할 것 같다. 몸이 묵직하고 피곤해 병원에 돌아와 계속 누워만 있었다.

그렇게 1회부터 16회까지 날마다 방사선치료를 받으러 다녔다. 집에 있었다면 매번 대중교통을 이용해 병원에 다니는 일이 힘들었을 텐데, 요양병원에서는 병원까지 데려다주는 차량을 운행해 편하게 다닐 수 있었다. 매번 피부 손상이 되지 않도록 알로에 젤과 방사 크림을 열심히 발랐고, 물도 많이 마셨다. 항암치료에 비하면 방사선치료는 부작용 정도는 덜하지만, 다 끝내고 보니 방사선치료도 내 몸에 상흔을 남기긴 했다. 방사선치료의 부작용도 개인차가 크다. 어떤 분은 구토나 오심을 느끼거나 피부도 까맣게 타는 경우가 있었다. 나는 다행히도 오심이나 구토는 없었다. 내가 겪은 부작용은 다음과 같다.

1) 피로감

방사선치료는 날마다 정해진 시간에 한다. 날마다 병원에 가야 하니 일단 육체적으로나 심리적으로 부담감을 느낀다. 아무래도 큰 기계에 들어가 방사선을 쐬고 있자면 공포감도 느껴지고 외롭기도 하다. 게다가 피부에 표시된 선이 지워지면 안 되기 때문에 목욕도 마음대로 하지 못한다. 또 방사선이 워낙 고에너지라 피부염이 발생할 수 있기 때문에 각별히 피부에 신경을 써야 한다. 나의 경우 방사선을 쐬고 난 직후 옷 갈아입으러 들어가 알로에 젤을 듬뿍 발라주고 휴대용 선풍기로 말렸다. 그리고 병원에 돌아와 냉장고에 넣어두었던 시원한 양배추를 가슴에 얹어

주기도 했다. 밤에 자기 전에는 병원에서 처방한 방사 크림을 목 주변부터 겨드랑이, 유방 등 넓게 발라주었다. 꼼꼼하게 방사 크림을 발라서인지 피부염은 겪지 않고 잘 지나갔다. 방사선치료 시간은 10분 내외로 짧지만, 방사선을 쐬고 오면 상당히 피곤함을 느꼈다. 방사선치료를 하고 나서는 반드시 침대에 누워 쉬어주었다.

2) 방사선 식도염

방사선치료를 10회 정도 하니 심리적 부담감도 줄어들고 겁도 덜 나서 이제 할만하다 싶었다. 그런데 10회가 넘어서니 목이 따끔따끔하고 물을 마실 때 목 넘김이 쉽지 않았다. 알고 보니 그것은 방사선 식도염이었다. 나는 쇄골 쪽에도 방사선을 쐬었는데, 식도에 영향을 미쳐 목구멍이 따끔따끔했던 것이다. 방사선종양학과 교수님은 물을 많이 마셔주고, 치료가 종료된 뒤 2주 정도 지나면 괜찮아질 것이라고 했다. 수시로 물을 많이 마시고, 잘 쉬어주는 수밖에 없었다. 내 목 상태는 방사선치료가 종료된 뒤 서서히 좋아졌다.

3) 긴장된 괄약근

방사선치료중이던 어느 날, 아침에 대변을 보는데 항문에서 피가 나왔다. 채소 위주의 식사를 하고 있었고 변비가 심한 상태가 아니었는데 피가 나오니 잔뜩 겁을 먹었다. 암 진단 후 몸에 조금이라도 이상이 생기면 겁이 덜컥 나고, 부랴부랴 병원에 달려가게 된다. 이날도 병원 근처에 있는 항문외과로 향했다. 항문외과는 처음이었다. 아무리 의사라지만 내 항문을 누군가에게 보인다는 게 껄끄럽고 부끄러울 것이라 생각했는데, 의외로 그렇지는 않았다. 커튼을 치고 항문 쪽에 구멍이 뚫린 천을 덮고 의사가 항문 상태를 사진을 찍어 보여주었다. 항문 근처에 작은 상처가 두 개 보였다.

"괄약근이 굉장히 긴장돼있는 상태네요. 변비가 심하지 않다면 괄약근이 너무 긴장돼 변이 나오면서 상처가 발생한 것으로 보입니다. 긴장된 괄약근을 이완해줘야 해요. 좌욕을 하루에 세 번 하세요."

"채소 위주로 식사를 하고 변 상태도 괜찮은데 왜 괄약근이 긴장되는 걸까요? 항암이나 방사선치료 등도 영향이 있나요?"

"그럴 수 있죠. 아무래도 항암이나 방사선치료를 받다 보면 나도 모르게 몸은 스트레스를 받고 긴장할 수밖에 없죠. 괄약근도 긴장하는 거고요. 타목시펜 영향도 있을 거고요. 그러니 긴장된 근육을 좌욕으로 풀어주면 자연스럽게 치유되실 겁니다. 힘드시면 변을 묽게 하는 약을 처방해 드릴까요?"

"아뇨. 약보다는 식단 조절이나 좌욕 등으로 일단 해보겠습니다."

항암 할 때 변비로 그렇게 고생했는데, 방사선치료 중에도 또 항문 문제로 고생을 했다. 이렇게 항문에 대해 신경써보기도 내 인생 처음이다. 방사선치료가 끝난 뒤에도 지금까지도 좌욕을 열심히 하고 있다. 좌욕을 하니 한결 좋아졌고 항문에서 피가 묻어나지 않았다. 타목시펜을 먹으면 질 분비물도 증가하는데 좌욕을 하면 질 분비물도 제거해주니 한결 기분이 상쾌하다.

4) 겨드랑이, 유방 조직의 뭉침

고에너지 방사선을 쐬어서인지 유방 조직과 겨드랑이 조직이 뭉치는 듯한 느낌이 있었다. 일주일에 두 번 재활

치료를 받고 있는데, 방사선치료를 받은 뒤 어깨 올라가는 각도가 좀 더 줄어 더욱 열심히 팔 운동을 해주었다. 팔 운동은 조금 아프더라도 해주어야 한다고 했다. 그래야 조직이 굳지 않고 팔을 들어 올릴 수 있다. 림프절을 절제한 나 같은 환자의 경우 방사선치료 중 림프 부종이 올 수 있다고 해서 잔뜩 긴장했다. 림프 부종을 막기 위해 요양병원에서 림프 마사지와 도수치료를 일주일에 한 번씩 받았다. 림프 마사지를 배워 수시로 자기 전에도 해주고, 아침에 일어나서도 해주었다.

3부

내 가 　　 나 와
단 란 히 　살 기 　위 하 여

애정에 기대어

"선배, 오늘 치료 끝나면 몇 시에 병원에 도착해요? 선배한테 전달할 게 있어요."

방사선치료가 10회가 넘어서면서 목에 이물감도 느껴지고 입맛도 없어 힘이 없는 날이었다. 후배 제니(별칭)가 요양병원으로 오겠다고 했다. 코로나19 관련 정부 규제가 풀어지면서, 그동안 금지됐던 병원 면회가 따로 마련된 공간에서 허용된 첫날이었다.

병원 1층에 내려가니 반가운 후배 얼굴이 보였다. 주사실에 마련된 작은 공간에 들어서자, 후배 제니가 초록색 파일을 건넸다.

"선배, 290여 명의 한겨레 사람들이 선배에게 보낸 응원의 메시지예요. 모금 시작하자마자 순식간에 모금이 끝났는데, 전달이 조금 늦어진 거예요. 제가 회사에서 제일 예쁜 색깔 파일, 한겨레 상징 초록색으로 골라 메시지 하나하나 출력해서 가지고 왔어요. 병실 올라가서 자세히 봐요."

제니는 한겨레 여성회장인데, 내 암 투병 소식을 전하면서 사내 동료들에게 메일을 보내 모금을 했다고 했다. 그렇게 전달받은 메시지를 한 장 한 장 출력해서 파일로 만들었단다. 이런 기막힌 일을 진행한 후배도 놀랍고, 또 모금에 동참해 정성 어린 메시지를 하나하나 보내온 사람들도 대단했다. 이런 일이 회사 생활에서 가능한 것인지….

후배 앞에서 메시지 하나하나를 읽는데 가슴이 울컥했다. 메시지 읽다 후배를 부둥켜안고 울었다. 후배 제니에게도 고맙고, 동료들에게도 너무 감사하고…. 대학 졸업 뒤 나의 20대와 30대의 열정을 불사르며 일해온 일터이고 그토록 한겨레 구성원이라는 게 자랑이자 보람이었는데, 힘들 때 이런 격려와 응원을 받으니 '젊은 날 내 선택이 틀리지 않았구나'라는 생각도 들었다.

"선아 씨 힘내요. 완쾌해서 우리 동네 뒷산(북한산 정릉)에서 또 만나요~"

"건강하게 웃으며 돌아오실 선배를 기다립니다."

"선배의 밝은 미소를 다시 볼 수 있는 그 날을 손 모아 기다리겠습니다."

"선아야 미안하고 보고 싶고 사랑한다. 이제 조금만 지나면 다 지나갈 터이니 완쾌하고 웃으면서 볼 날이 얼마 남지 않았구나. 우리가 알고 지낸 20년 중 아주 짧은 기간에 불과할 뿐이니, 조만간 평소처럼 웃으면서 다시 보자꾸나. 우유 빛깔 양선아! 천하무적 양선아! 더 이뻐져서 만나자!"

"양선아 기자 암 소식 들었을 즈음에 제 여동생도 유방암이 발견되었네요. 3기 초 정도(림프절 전이 있고). 현재 여동생 7차 항암 마쳤어요. 8차 끝내고 수술은 9월 예정입니다. 실제로 옆에서 항암의 고통이 어떤지를 지켜보고 있기 때문에 얼마나 힘든지 조금이나마 짐작이 갑니다. 제가 동생한테 항상 얘기하는 말이 있습니다. '암보다 더 강한 게 사람의 정신력이다. 이길 수 있다! 시간이 지나면 이 또한 얘깃거리에 불과한 때가 온다. 1년만 꾹 참자' 양선아 기자도 치료 끝낸 후의 모습을 상상하며 잘 이겨내세요."

"늘 따뜻하면서도 힘이 있던, 양선아 기자의 글이 그리워요. 다시 보고 싶어요~!!"

"까짓것 후딱 털고 다시 씩씩한 모습으로 만납시다. 힘내시길!"

"양선아 선배, 안녕하세요. 선배가 반드시 건강해지실 거라고 합니다(취재해 봤는데 팩트라고 합니다). 진심으로 응원하고 있습니다. 힘내세요."

"보고 싶다, 양선아. 기다리겠다, 양선아. 힘내라, 양선아"

메시지 하나하나를 또 읽고 또 읽고 감동의 눈물을 흘렸다. 290여 명이 감동의 메시지와 함께 무려 1500만 원이 넘는 돈이 내게 입금됐다. 하- 입이 떡 벌어졌다. 이게 내 동료들의 스케일이고, 공동체 정신이구나…. 친정엄마와 남편에게 이야기를 전했더니 두 사람 다 깜짝 놀란다.

"엉? 진짜? 우와~ 양선아 인생 정말 잘 살았다. 당신 회사 사람들 정말 장난 아니다. 어떻게 그럴 수 있지? 진짜 감사한 일이다. 아… 나 말이 안 나와."

"세상에… 그렇게나 많은 돈을? 감사해서 어쩌냐. 너무 감사한 일이다. 우리 딸 감동해서 어째. 선아야… 다 이것도 다 빚이야. 네가 건강해져서 다 갚아야 할 빚이야. 그러니 꼭 완치하고 그분들께 꼭 다 갚아."

그날 저녁엔 잠도 잘 오지 않았다. 녹색 파일에 든 메시지들을 꺼내 읽기를 반복하다, 동료들에게 감사의 메시지라도 써야겠다는 생각에 스마트폰을 붙잡고 글을 써 내려갔다. 후배 제니는 분명 짧은 인사를 써달라고 그랬는데, 막상 글을 쓰기 시작하니 짧게 안 써졌다. 긴 글을 쓰고 내가 그동안 그린 그림과 캘리그래피를 모아 후배에게 보내며 한겨레 동료들에게 내 마음을 전달해달라고 부탁했다. 내가 동료들에게 보낸 감사의 메시지는 다음과 같다.

안녕하세요? 양선아입니다. 지난해 12월 유방암 진단을 받고 여덟 차례 항암과 수술을 마치고 방사선치료 16회 중 12회를 마무리했습니다. 이제 다음 주면 10개월 동안의 표준치료 여정도 막바지에 접어듭니다.

'도대체 왜 내게?'라는 생각에 넋을 놓고 주저앉아 하염

없이 울었던 시간도 있었습니다. 열심히 살아온 내게 신은 왜 이런 가혹한 형벌을 내릴까 하는 생각에 억울한 마음도 있었지요.

그러나 암이라는 이 녀석이 제게 슬픔과 고통만 안겨주는 것은 아니더라고요. 암은 제게 일상을 기적으로 느끼는 행복과 내 곁에 좋은 사람들이 너무 많다는 확신을 갖게 해주었습니다.

항암 과정에서 먹지 못하고 잠을 잘 자지 못하는 고통, 화장실을 못 가는 어려움을 겪은 뒤로는 지금 누리는 평범한 일상 하나하나가 다 기적처럼 느껴집니다. 한 끼 식사만 맛있게 해도, 잠만 잘 자도, 화장실만 잘 다녀와도 행복감을 느낍니다. 요즘은 푸른 하늘과 구름을 보며 감탄하고 지냅니다. 요양병원에서 일종의 미술치료로 캘리그래피도 배우고 수채화도 그리는 호사도 누리고 있습니다.

오늘 290여 명의 한겨레 동료들의 응원 메시지가 담긴 녹색 파일을 건네 받았습니다. 또 큰 마음이 담긴 모금액 통장도 전달받았습니다.

처음엔 어안이 벙벙해 아무 말도 할 수 없었고, 290명의 동료들이 보낸 메시지 하나하나를 읽으며 목이 메여 어떤 말도 할 수 없었어요. 메시지를 읽다 이런 이벤트를 준비해준 제니를 부둥켜안고 한바탕 울었어요. 이렇게 따뜻하고 정겨운 동료들이 존재할 수 있는 건가, 내가 이런 호의를 받아도 되는 건가, 이 호의는 또 어떻게 갚아야 하나…. 별별 생각이 다 들더라고요.

암에 걸렸다는 사실을 공개한 뒤, 참으로 많은 분들의 진심 어린 응원과 지지, 격려를 받았습니다. 그분들의 응원과 기도, 지지가 아니었다면 그 힘든 과정을 이겨내지 못했을 겁니다. 특히 한겨레 동료들이 보내준 응원과 지지는 감동적이었고 가슴 뭉클했지요. 그것만으로도 고마운데 이렇게 모금에 메시지까지 또 전달받으니 몸 둘 바를 모르겠어요.

정말 감사하고 고맙습니다. 한겨레 동료들이 베푼 이 따뜻한 마음과 응원을 버팀목 삼아 앞으로 남은 치료도 잘하고 반드시 완치하겠습니다. 건강 꼭 회복해서 일상으로 복귀해 더 즐겁게 일하겠습니다. 한겨레라는 울타리에서 함께 일할 그날을 기다리며 오늘도 제 건강 관리에 최선을 다하겠습니다.

아파보니 건강은 건강할 때 지켜야 한다는 어른들 말씀이

하나도 틀리지 않더군요. 올바른 식사, 질 좋은 잠과 적당한 휴식, 꾸준한 운동, 정기적인 검진이 여러분의 건강을 지켜줍니다. 건강을 잃고 저처럼 후회하지 마시고, 나 자신을 소중하게 아껴주세요.

여러분들의 몸과 마음의 건강을 빌겠습니다. 또 한겨레의 힘찬 도약과 활약을 멀리서나마 응원하고 마음으로 함께 하겠습니다. 화이팅!

양선아 올림

고소해진다

방사선치료를 받을 때 입원한 요양병원에서는 저녁 7시가 되면 문화 프로그램이 운영됐다. 월수금은 요가 명상 시간이고 화요일은 암에 대한 강연, 목요일은 캘리그래피와 수채화 시간이었다. 팔 움직임이 괜찮아진 뒤로는 요가와 명상 시간에 반드시 참여했다. 진정으로 이완하는 법을 배우고 복식호흡을 배울 수 있었다. 눈을 감고 내 몸 구석구석의 감각과 느낌을 알아차리는 '바디스캔 명상'을 하고 나면 긴장됐던 몸들이 이완되며 마음이 편안해졌다.

명상 시간이 끝나면 환우들끼리 둥그렇게 모여 가장 행

복한 순간을 나눴다. 요가와 명상, 미술 테라피를 담당하는 문화센터 제인 선생님은 따뜻하게 끓인 현미차를 앞에 두고 이야기를 나누는 시간을 마련해주었다. 제인 선생님은 왜 행복한 순간을 말하는 시간을 가지는지 설명했다.

"살다 보면 우리는 행복한 순간보다는 힘든 순간, 뭔가 풀어야 할 인생의 문제들만을 생각하는 경향이 있어요. 아픈 환자들은 아프고 힘든 순간을 더욱 되새김질하곤 하죠. 그래서 의식적으로 행복한 순간을 말하는 시간을 가져서 우리의 삶에 고통스러운 시간 말고도 행복한 시간이 있다는 사실을 스스로에게 인식시켜 주어야 해요."

제인 선생님은 또 작은 노트를 환우들에게 나눠주고 '감사 일기'를 쓸 것도 권유했다.

"밥맛을 잃었다가 밥맛이 돌아왔어요."

"공무원 생활하고 은퇴해서 이렇게 아내와 둘이서 지내는 것이 행복입니다."

"남편 암이 코에 생기는 희귀암이고 재발했는데, 한편으로는 그런 생각이 들어요. 재발은 됐지만 다른 곳에 전이 안 된 것만도 다행이라는 생각이. 그런 생각을 하니 지금도 행복하다는 생각을 했어요."

"오늘은 아무도 없는 옥상에 올라왔는데, 그렇게 하늘이 맑고 푸른 거예요. 혼자 있어도 외롭다는 생각도 안 들데요. 푸른 하늘만 봐도 행복했어요."

여러 사람과 행복한 순간들을 나누다 보면 저절로 웃음이 나왔다. 다른 사람들이 말하는 행복한 순간들을 듣다 보면 '아 저런 행복도 있지', '아~ 이런 순간을 행복하다고 말할 수 있는 것이구나' 하고 힌트를 얻곤 했다. 모호하고 추상적인 행복이 아니라 작은 것에도 감탄할 줄 아는 구체적인 행복 말이다.

고통이나 슬픔을 이웃과 나누면 그 고통이나 슬픔이 줄어든다고 하던가. 나는 행복을 나누었던 그 시간을 통해 행복과 기쁜 감정을 자꾸 나누다 보면 슬픔과 반대로 배가 된다는 사실도 알게 됐다.

실제로 행복을 나누는 시간을 통해 부정적인 사람이 긍정적인 사람으로 변화하는 과정을 목도했다. 행복을 나누는 시간마다 "행복한 일이 뭐가 있겠어. 아무리 생각해도 하나도 없는데…"라며 몸이 아픈 이야기만 장황하게 하는 70대 할머니 한 분이 계셨다. 다른 사람들은 화장실만 잘 다녀와도, 어제보다 통증이 좀 줄어도 행복하다고 말하는데, 그분은 매번 불평 투성이었다. 제인 선생님은 그럴 때마다 "그래도 분명히 행복한 순간이 있을 거예요. 한번 찾아보세요"라고 인내하며 기다려주었다. 또 할머니를 안아주거나 손을 잡아주는 등 스킨십도 늘렸다. 그림을 못 그린다고 절대 수업에 참여하지 않겠다던 할머니를 기필코 수업에 참여하게 해 캘리그래피나 수채화를 그리도록 하고 할머니의 작품에 대해 폭풍 칭찬을 해주었다.

놀라운 건 그런 시간이 쌓이자 할머니의 표정이, 또 할머니의 그림과 할머니의 말이 점점 변화했다는 사실이다. 미간을 찡그리고 항상 아프다고 투덜대던 할머니가 어느 순간 웃는 모습이 늘었다. 또 다른 사람들처럼 아주 작은 사소한 순간을 놓치지 않고 행복하다고 말하기도 했다. 자신이 그린 그림에 만족해하고 다른 사람들의 그림도 칭찬하기도 했다. 할머니의 변화하는 모습을 보고 미소가 빙그레 지어졌는데, 나중에 병의 차도도 많이 좋아지셨다는 소식을 듣게 됐다. 나는 항암치료 이외에도 행복한 순간을 인식하고, 다른 사람과 감정을 교류했던 그 시간이 할머니의 병세에 많은 영향을 미쳤을 것이라고 확신한다.

　암 치료에 처음으로 심리적 개입을 시도한 칼 사이먼턴 박사는 육체적·정신적 균형이 암 치료에 있어 매우 중요함을 강조했다. 1971년 칼 사이먼턴 박사에 의해 개발된 '사이먼턴 요법'의 연구 결과를 보면, 희망을 가지고 일상생활을 하는 환자는 절망감에 빠져 치료에 임하는 환자보다 훨씬 예후가 좋았다. 사이먼턴 요법에서는 환자의 삶의 질을 높이고 병의 진행에 차이를 만들고 죽음의 질을 높이기 위해 9가지 주제를 다루는데, 그 중 첫 번째가 '기쁨 리스트' 작성이다. 자신의 인생에 기쁨을 주는 것, 깊은 충족감을 주는 것, 의미를 주는 것, 가슴 설레게 하는 것 등을 최소한 5개 이상 적어보는 것이다. 사이먼턴 박사는 기쁨 리스트를 작성하고, 당장 그 일을 한다면 좋지만 하지 못하고 상상만 하더라도 그 에너지가 치유로 이어진다고 말한다.

　일본의 심리치료사이며 사이먼턴 요법 전문 트레이너인 가와바타 노부코가 쓴 《암은 답을 알고 있다》(물병자리,

2021)라는 책을 보면, 기쁨 리스트 작성의 예시가 적혀져 있다. 자신의 기쁨과 그 구체적인 내용을 쓰고, 언제 가능한지, 난이도는 어떤지 등을 항목으로 나눠 쓰도록 돼 있다. 예를 들어 이집트 여행이 기쁨을 준 사람이라면 이렇게 쓸 수 있다. "20년 전에 다녀온 이집트 피라미드의 웅장함을 다시 경험해보고 싶다. 이집트 여행을 일단 5년 후로 잡아놓고 준비해보자." 또 따뜻한 커피 한 잔이 기쁨인 사람이라면, 기쁨 리스트에 "오늘 집 앞 커피숍에서 아메리카노 한 잔을 마시자. 따뜻한 물과 천천히 마시면서 음미해보자. 난이도 쉬움!"이라고 쓸 수 있을 것이다. 다른 사람과 행복을 나누는 시간을 갖거나 노트를 펼치고 사이먼턴이 제시한 자신의 기쁨 리스트를 작성해보는 것은 육체적, 심리적 건강을 위해 좋지 않을까.

스스로 목적 없는 즐거움을

━━━━━━━━━━━━▶━━━━━━━━━━━━

더 허락하자

하얀 도화지에 사각사각 소리 나는 연필로 커다란 화병
을 그렸다. 팔레트에 물감을 풀고 작은 붓을 들어 노란색
과 주황색 꽃을 도화지 가득 그렸다. 아무것도 없던 흰색
공간에 작고 앙증맞은 꽃이 화병 가득 채워지니 우울했던
마음에도 밝은 기운이 들어오는 것만 같았다. 생생하게 살
아있는 꽃들이 내게 생명력을 불어 넣어주는 느낌이라고
나 할까. 화병 겉면에는 '오늘을 살아가세요. 눈이 부시게'
라는 문구를 써넣었다.

이날은 내가 병원 진료 중 의사가 던진 말로 암 재발에

대한 극심한 두려움을 느껴 밤잠을 설친 다음 날이었다. 요양병원 병실에서 실컷 울다 병실에 우두커니 가만히 앉아있자니 우울의 늪에 빠질 것 같아 미술치료 시간에 참석했다. 혼자 있으면 자꾸 병에 관해서만 생각하게 되고 다른 쪽으로 사고의 전환이 이뤄지지 않는데, 다른 사람들과 함께 감미로운 음악을 들으며 그림을 그리다 보니 어느새 2시간이 훌쩍 지나 있었다. 그날 나는 그림을 그리면서 '3년 뒤, 5년 뒤, 10년 뒤 같은 먼 미래에 대한 걱정으로 하루를 허비하기보단 오늘 하루 눈부시게 살자'고, '지금 이 순간을 어떻게 사느냐가 더 중요하다'고 나 자신에게 말해주었다. 10년 전 내가 나에게 썼던 편지가 암 진단 초기의 내게 큰 힘이 되었듯이, 내가 한 장 한 장 그린 그림은 두고두고 내게 큰 위안이 됐다.

　손재주가 없는 나는 그림을 잘 못 그린다. 그런데도 나는 그림의 힘과 색채의 힘을 믿고 미술치료 시간마다 꼬박꼬박 참석했다. 미술치료 시간에 그리는 그림은 잘 그릴 필요가 없었다. 선생님이 참고해서 그려보라고 보여준 예시 작품들을 따라 그리고, 내 마음대로 색칠을 해도 됐다. 그냥 손 가는 대로 그렸고, 설사 엉망으로 그려서 실패해도 괜찮았다. 또 어떻게 표현해야 할지 모르면 선생님이 친절하게 알려주었고, 과감하게 색을 쓰지 못했던 내 작품도 선생님이 살짝 옆에서 도와주면 더 선명하고 멋진 그림이 되었다.

특히 그림을 그렸을 때 다양한 색이 주는 느낌이 좋았다. 따뜻하고 희망에 가득 찬 노란색, 바다나 하늘처럼 넓고 평화로운 파란색, 싱그러운 초록색, 정열적인 빨간빛 등 무지개색 물감을 풀어 내가 원하는 색을 만들고 붓을 들어 색칠하는 것이 재밌었다. 그림을 그리고 있으면 잡념이 사라지고, 오로지 그림에 몰입하게 됐다. 또 그림을 그리고 나면 세상에 하나뿐인 나의 작품이 만들어지니 작은 성취감을 느꼈다. 그림을 그려 아이들에게도 보내고, 내 카카오톡 프로필 사진으로도 썼다.

매주 그림을 그리거나 캘리그래피를 해서 병실 벽면에 '나의 작품'을 붙이기 시작했다. 어느 순간 벽 한쪽 면을 가득 채웠다. 의사, 간호사, 병실 청소를 해주시는 미화 담당 선생님이 오면 내 그림을 하나하나 감상하고, 어떤 그림이 가장 마음에 드는지 말해주었다. 사람마다 다른 그림을 선택하는 것을 보며 신기했고, 자칫 아프다는 얘기만 오가는 병실에서 그림을 통해 여러 사람과 이야기를 할 수 있으니 좋았다. 퇴원할 때 병원에서 그렸던 그림을 다 갖고 왔다. 거실에 북 스탠드를 놓고 여전히 그날의 기분에 따라 나만의 그림을 배치해놓기도 한다. 지금 내 앞에는 "하하하 웃음꽃 피는 우리집"이라는 캘라그리피가 놓여 있다.

일본의 색채 심리 연구가인 스에나가 타미오가 쓴《색채 심리》(예경, 2001)라는 책을 보면, 뇌출혈로 쓰러져 눈도 잘 안 보이고 말도 잘 못 했던 50대 남성이 그림을 그리면서 삶의 의욕을 회복하고 적극적으로 개인전도 열게 되었다는 사례가 소개된다. 저자는 "그림을 그린다는 것은 결국 아름답다, 즐겁다고 느끼는 이미지를 자기 나름대로 떠올리면서 마음에 솟아나는 기쁨을 느끼는 것"이라며 "그림 그리기로 창조의 뇌인 전두엽이 활발하게 움직이고, 기력에도 좋은 작용을 준다"고 말한다. 이런 그림의 효과, 색의 효과를 활용하기 위해 독일이나 스위스 등의 병원에서는 병원 시설 속에 아틀리에가 설치되어 있고, 의사나 간호사와 함께 미술 치료사가 의료팀의 멤버로 들어가 환자를 심리적인 면에서 지탱해주는 체제를 갖추고 있다고 소개한다. 지금 생각해보니, 내가 요양병원에서 했던 그림 그리기가 수술과 방사선치료 과정에서 내가 빨리 회복하고 심리적 불안도 극복할 수 있는 좋은 치료 수단이 되었던 것 같다.

요즘 집에서도 특별한 목적 없이 가끔 도화지를 펼치고 그림을 그린다. 색연필, 크레파스, 물감 등 다양한 재료들을 사용해서 그려보기도 하고, 그림 그리는 걸 좋아하는 딸과 함께 나란히 앉아 그림을 그리기도 한다. 요양병원에서 나올 때까지만 해도 집에서도 매주 그림을 그리겠다고 다짐했건만, 집안일과 운동 등 일상에 치이다 보면 붓을 들 기회가 현저하게 줄어들긴 했다. 그래도 가끔 붓을 들어 그림을 그릴 때면 얼마나 즐거운 감정을 느끼는지 모른다.

그림도 잘 못 그리면서 내가 왜 이토록 즐거움을 느끼나 생각해보았다. 아마도 그 시간은 내게 말 그대로 순수한 놀이의 시간이라서 즐거움을 느끼는 것이 아닐까. 어른이 되고 나서는 아무런 목적 없이 보내는 시간이 확 줄었다. 아이를 돌보고, 일하는 시간만으로도 시간이 부족하기 때문이다. 돈도 벌어야 하고, 경력도 쌓아야 하고, 아이들도 잘 키워야 하니 붓을 들고 그림을 그리거나 노래를 부르는 시간은 사치처럼 느껴지기도 했다. 항상 생산적인 뭔가를 위한 수단으로 내 몸을 썼고, 문화생활을 하더라도 아이들과 함께 하는 시간이 많았다. 결국 나 혼자 노는 시간이 부족한 편이었는데, 그림을 그리면서 진정으로 나 혼자 노는 재미를 느꼈던 것 같다.

오래전 인상 깊게 읽었던 김정운 교수의 《노는 만큼 성공한다》(21세기북스, 2011)라는 책을 다시 꺼내 읽어본다. 김 교수는 이 책에서 휴休 테크가 행복의 기술이라고 말한다. 30평대 아파트가 있어서, 멋진 차가 있어서, 아이가 좋은 대학에 가서 행복하다면 그 사람은 '결과로서의 행복론'을 추구하는 사람이다. 그런데 어떤 조건이 채워져서 행복한 것이 아니라 어떤 일에 몰두할 때 행복한 사람이 있는데, 이런 사람은 '과정으로서의 행복론'을 추구한다고 볼 수 있다. 김 교수는 '과정으로서의 행복론'을 가진 사람은 '결과로서의 행복론'을 가진 사람에 비해 훨씬 쉽게 행복해질 수 있다고 말한다. 행복해지고 싶으면 내가 좋아하는 일에 바로 몰두하면 되기 때문이다. 그러면서 그는 새소리 듣는 걸 취미로 가진 친구, 목요일에는 꼭 나무를 봐야 한다며 나무에 몰두하는 친구, 방바닥을 뒹굴며 듣는 낡은 엘피판 음악에 감동하는 친구 등을 소개한다. 그렇게 사소한 재미를 알고 사소하게 즐기는 사람이 많은 사회가 건강하다고도 말한다. 고개가 끄덕여지고, 그동안 내가 휴 테크를 제대로 못 하고 살아온 것 아닐까 생각해 본다.

이제는 그림 그리는 시간이나 노래 부르는 시간 등 나 혼자 아무런 목적 없이 즐거움을 느낄 수 있는 시간을 더 자주 허용하려 한다. 목표나 목적 없이 그저 순수한 즐거움 그 자체를 느낄 수 있는 여유를 내게 더 자주 허락하고 싶다. '과정으로서의 행복론'을 지향하며.

운동은

→

정말 남는 장사

　요양병원에 있다 보면 참으로 다양한 암 환우들을 만난다. 다양한 환우들을 관찰하고 난 뒤 알게 된 건, 바로 이것이 정말 남는 장사라는 것이다. 이것은 바로 운동!

　수많은 암 전문의들의 유튜브 동영상을 봐도 운동만큼 강조되는 것은 없다. 날마다 땀 흘릴 정도의 중강도 운동만큼 환자의 예후에 영향을 미치는 것은 없다. 요양병원에서 만난 암 환자들을 보면 운동을 하는 환우와 그렇지 않은 분의 차이를 확 느낄 수 있었다. 어느 날 요가 명상 시간이 끝나고 빙 둘러앉아 환우들끼리 얘기를 나누는 시간에,

키는 180센티미터가 넘고 몸도 아주 건장한 50대 환우가 참여했다. 혈색도 좋고 건강해 보이셔서 항암이 이미 끝난 분이 아닐까 생각했는데, 이야기를 듣다 보니 그렇지 않았다. 최근 가장 행복한 시간을 공유하는 시간에, 그분은 이렇게 말했다.

"저는 항암 18회 가운데 이제 마지막 항암을 남겨두고 있습니다. 이제까지 잘 견뎌온 것에 감사하고 항암 한 번 남았다는 사실에 너무 행복합니다. 사실 저는 암을 진단받기 전까지 수영만 20년을 했고, 관악산을 30년을 탔어요. 기본 체력이 있으니까 항암 잘 견뎌낼 것이라고 자신했죠. 그런데 첫 항암하고 관악산 올라갔다가 쓰러져서 구급차에 실려 온 적 있었거든요. 항암 그거 만만치가 않더라고요. 여기서 들은 각종 좋은 정보 토대로 앞으로도 건강 관리 잘하려고 합니다."

아저씨의 말을 듣고 다들 놀랐다. 항암 8회도 아니고 18회라니! 그런데 저렇게 건강하고 혈기왕성하다니! 다들 아저씨의 건강함에 놀라고 믿지 못하겠다는 표정이었다.

아저씨 말을 듣고 나는 아저씨가 평소 수영과 등산 등

운동을 꾸준히 해 온 몸이기 때문에 항암 18회도 저렇게 견딜 수 있는 것이 아닐까 생각을 했다. 나의 경험만 봐도 운동은 정말 남는 장사다. 암 진단 전에도 운동을 아예 안 한 것은 아니다. 틈만 나면 걸으려고 애를 썼고, 주말에 쉴 때 걷기 모임에 참여하기도 했다. 아저씨 말을 들으며 '아~ 내가 그동안 걷기 운동이라도 하고 건강에 신경을 조금이라도 써온 탓에 암 투병 과정을 잘 견딜 수 있었구나. 평소 운동을 해온 사람에게도 암은 올 수 있는데 운동을 안 한 사람들에 비해 운동을 평소 해온 사람들이 항암 등 투병 과정을 잘 이겨낼 수 있는 것이 아닐까?' 하는 생각을 했다.

이런 생각을 하니 정말 암 환자든 암 환자가 아니든 운동은 정말 남는 장사라는 생각이 들었다. 암 환자의 경우, 항암 중이든 항암을 마쳤든, 운동은 예후에 큰 영향을 미치고, 암 환자가 아니더라도 운동을 하면 암을 예방할 수 있을 뿐만 아니라 각종 질환도 예방할 수 있다.

운동에 꼭 큰돈이 들어가지 않아도 된다. 집 근처 주변 공원을 꾸준히 걷거나 아파트 계단 오르기만 꾸준히 해도 운동이 된다. 또 요즘은 유튜브 등을 참고해 얼마든지 마음만 먹으면 홈트레이닝을 할 수 있다.

만약 혼자 운동하는 것이 힘들다면 걷기 모임 등을 만들어볼 수도 있고, 이미 있는 걷기 모임에 참여할 수도 있다. 나는 시민단체 '정치하는 엄마들' 내에 걷기 자조 모임 '걷는 하마'에 참여하고 있었는데, 최근엔 아예 이 모임 팀장을 맡아 20여 명의 회원들과 날마다 SNS에서 걷기 인증을 하고 있다. 서울, 부산, 전주, 의정부 등 다양한 각지에 있는 사람들이 그날 몇 보를 걸었는지 캡처해서 올리고, 자신이 걷다 만난 풍경 사진들도 올려준다. 랜선으로도 전국 각지의 풍경을 만날 수 있어 좋고, 걷기에 대한 동기부여가 되어 좋다. 코로나 확산으로 인해 모임이 취소되기도 했지만 한 달에 한 번은 직접 만나 걷기로 했다. 직접 만나 함께 걸으면 좋겠지만, 직접 만나지 못하더라도 랜선 걷기 친구가 있다면 꾸준히 걷는 데 도움이 되니 운동은 혼자하든 같이하든 남는 장사임이 틀림없다.

───────────────▶

다시 나로 돌아가

┌─┐

수술한 지 열흘이 넘어가네요. 저도 선항암 8차에 전절제
와 곽청술을 진행했죠. 앞으로 호르몬 치료도 해야 하고
요. 수술 후 종양내과 교수님께서 후항암에 비해 재발과
전이율이 다른 사람에 비해 높다는 이야기를 하시는데, 그
말로 인해 극심한 스트레스에 시달리며 마음이 불안정한
요즘입니다. 잠도 잘 못 자고… (중략) 일어나지 않을 일을
미리 걱정하는, 지난날의 내 선택을 후회하는 일로 하루를
보내는 멍청한 저 어쩌면 좋죠? 긍정적인 생각과 지금 이

순간에만 집중해야 한다는 걸 너무 잘 알지만 뜻대로 마음
이 말을 듣지 않네요.

-바다(가명)

며칠 전 제 블로그에 달린 바다 님의 댓글입니다. 암 투
병기 연재를 시작한 뒤로 암 환우나 암 환우를 돌보고 있
는 가족으로부터 응원의 메일을 받거나 댓글로 다양한 사
연들을 접합니다. 그 가운데 가장 빈도가 높은 내용 중 하
나는 암 재발과 전이에 대한 불안과 걱정에 대한 호소입니
다. 그 불안과 걱정 100퍼센트 이해되고 공감하지요. 암 투
병 과정에서, 재발과 전이에 대한 두려움과 걱정이 제 마
음의 문을 벌컥벌컥 열며 찾아옵니다. "안 보고 싶어", "제
발 좀 나가"라고 아무리 외쳐도 그 아이들은 제멋대로 제
마음에 들어와 떡 버티며 나가지 않지요. 처음에는 그런
못된 아이들을 제 마음에 들어오게 허락한 저를 나무랐습
니다. '왜 일어나지도 않을 일 가지고 쓸데없는 걱정을 해?
너답지 않아', '그럴 시간에 식단 관리하고 운동 더 하고 암
에 대해 더 공부해'라고 말하면서요.

그런데요, 개인적으로 심리 관련 공부도 하고 제 감정

과 생각을 세밀하게 관찰하면서 알게 된 것이 있습니다. 그렇게 자신을 나무라고 내 감정을 외면하거나 억압한다고 불안과 걱정, 두려움은 사라지지 않으며, 오히려 자신의 감정을 억압하거나 외면하면 그에 따른 대가를 반드시 치르게 된다는 사실을요.

심리적으로 힘들면 꺼내 보는 책이 있습니다. 정신과 의사인 정혜신 씨가 쓴 《당신이 옳다》(해냄, 2018)라는 책인데요. 정혜신 의사는 이 책에서 "감정은 좋고 나쁘고, 옳고 그르고의 이분법으로 판단할 대상이 아니"라며 "감정은 한 존재의 지금 상태를 있는 그대로 나타내는 바로미터"라고 말합니다. 그는 후회나 짜증, 무기력, 불안, 두려움 같은 것을 나쁜 감정, 없애야 하는 감정이라고 여기는 사람들이 많은데 꼭 그런 것만은 아니라고 강조합니다. "성찰이 깊고 근원적인 질문을 던지면 불안하고 흔들리게 되며, 복잡한 갈래 길들을 바라보며 인정하고 통합하는 과정은 불안을 전제로 진행된다"고 설명하지요.

정신분석가 이승욱 씨도 그의 저서 《마음의 문법》(돌베개, 2021)에서 실존주의 심리학에서 다루는 정상적 불안과 신경증적 불안의 차이점을 알려줍니다. 정상적 불안은 현재 느끼고 있는 불안과 그 상황이 부합하며, 억압되지 않는다고 설명합니다. "죽음을 감각했을 때, 직면했을 때 오히려 삶에 대한 의지는 더 생동감을 가진다"며 죽음에 대한 두려움이나 불안은 지극히 정상적인 불안이라고 말합니다. 반면 신경증적 불안은 불안의 내용과 실제 처한 상황의 상관성이 희박하며, 자신의 감정을 오히려 억압하고 검열하는 것이 특징이라고 말합니다.

제가 보기엔 바다 님이 느끼는 불안은 '정상적 불안'입니다. 암 진단에 항암치료를 받고 수술한 상태에서 배액관까지 달고 있으니 얼마나 몸이 힘들겠어요. 그 시기 잠을 통 못 자는 건 너무 당연하고, 캄캄한 밤을 뜬눈으로 지새우다 보면 별의별 생각이 들 수밖에 없어요. 그때 가장 중요한 것은 그 감정을 억압하거나 회피하려고 하지 말고 일단 알아주는 게 중요한 것 같아요. '아… 내가 몹시 불안해하고 있구나. 재발, 전이가 걱정되는구나. 나는 지금 누군가에게 지지를 받고 싶구나' 하고 내가 내 마음을 알아주는 거죠. 내가 나의 엄마가 된 듯 따뜻하게 말을 걸어주고, 내가 나를 꼭 안아주는 겁니다. 그러면 신기하게도 마음이 진정이 되더라고요.

구체적으로는 일기를 쓰거나 나에게 편지를 써보는 것도 좋은 방법입니다. 종이에 지금 내가 느끼는 걱정이 무엇인지 적어보고 그것이 정말 합리적이고 타당한지 생각해보는 겁니다. 제가 극도의 불안감에 시달릴 때 '암 환자 스트레스 관리법'이라는 온라인 강의를 들은 적이 있습니다. 유방암 환우였고 완치 판정을 받은 상담가 이유미 씨가 강의를 해주었는데요. 그는 '생각이 바뀌면 감정이 바뀌고, 감정이 바뀌면 행동이 바뀐다'고 말했습니다.

그러면서 대표적인 인지적 오류로는 '꼭 그래야 돼'라고 생각하는 당위적 사고, '모 아니면 도'식의 이분법적 사고, 과도한 일반화, 항상 최악의 상황만 생각하는 파국화, 직접 물어보지 않고 자기 마음대로 생각하는 '독심술' 등이 있다고 설명했습니다. 자신의 감정은 인정해주고 알아주되, 혹시 내 생각 중에 인지적 오류는 없는지 확인해보는 것은 도움이 됩니다. '암에 걸리면 죽는다', '두통이 있으면 뇌에 암이 전이됐을 가능성이 높다' 등과 같은 생각은 대표적인 인지적 오류이지요.

강연을 들으면서 저는 제가 암 진단 뒤로 나도 모르게 모든 사람을 '암에 걸린 사람과 암에 걸리지 않은 사람'으로 이분법적으로 분류해 판단하고 있음을 알게 됐어요. 무의식적으로 암에 걸리지 않은 사람을 부러워하고 질투하고 있다는 사실도요.

이승욱 정신분석가는 《마음의 문법》에서 "세상의 모든 연대에 앞서 우리는 먼저 자기와 연대할 수 있으면 좋겠다"고 말합니다. 연대는 타자에 대한 깊은 연민과 우정에서 시작하는데, 자신에 대한 깊은 연민과 선한 우정을 가지고 자신과 먼저 연대하라고 권하지요.

재발과 전이에 대한 불안으로 마음이 출렁일 때마다 저는 항상 '나'로 돌아갑니다. 나와 연대하는 것이지요. 내 느낌과 감정, 생각을 찬찬히 들여다보고, 내가 좋아하는 것, 내가 가고 싶은 곳, 내가 만나고 싶은 사람, 내가 하기 싫은 일 등에 대해 집중하면서 나를 더 탐구해봅니다. 찜질기로 배 따뜻하게 해주기나 족욕처럼 나를 위한 사소한 일도 해봅니다. 그렇게 했는데도 마음이 계속 출렁인다면요? '내가 할 수 있는 것은 하고, 나머지는 하늘에 맡기자' 하고 생각해버립니다. 힘내지 않고 오히려 힘을 쫙 빼는 것이죠. 그동안 저는 너무 힘만 내고 살아온 것 같아요. 이제는 힘을 내기보다 '빼는 기술'을 익히고 싶어요. 이 시간에도 재발과 전이에 대한 두려움으로 잠 못 이루는 환우들에게 말하고 싶습니다. 그 감정은 옳고, 당신은 혼자가 아니라고요.

달러구트 님,

이 꿈은 어때요?

2021년 초 《달러구트 꿈 백화점》(이미예, 팩토리나인, 2020)이라는 책을 읽었다. 이 책은 출간된 해부터 '어른들을 위한 판타지 소설'로 선풍적인 인기를 끌었다. 책의 내용을 보면, 우리가 잠들면 꾸는 꿈은 '꿈 제작자'가 만든다. 달러구트는 다양한 꿈을 파는 판매자다. 꿈을 둘러싼 다양한 에피소드가 흥미롭다. 꿈에 관한 이야기를 읽으니 '불면증에 시달리고 암 치료 과정에서 각종 어려움을 겪는 암 환자를 위한 꿈이 있다면?'이라는 상상으로까지 이어졌다. 이 글은 그런 나의 상상을 '달러구트에게 쓰는 편지' 형식으로 썼다.

안녕하세요, 달러구트 님. 저는 '꿈 백화점'을 이제야 알게 된 유방암 3기 암 환자입니다. 제가 펜을 든 이유는 당신의 꿈 백화점에 '암&꿈' 코너를 만들어달라고 제안하기 위해서입니다. 달러구트 님도 아시지요? 우리나라 암 환자가 얼마나 많은지요. 지난 2015년 이후 우리나라 신규 암 환자 수는 매년 늘고 있어요. 관련 통계를 보면, 국민 25명당 1명(전체인구 대비 4.2퍼센트)이 암 유병자입니다. 환자 외에도 암 환자 가족, 암을 치료하는 의료진, 암 연구자, 암 관련 정책담당자 등을 합하면 '암&꿈' 코너를 찾을 고객들은 정말 많을 겁니다.

'암&꿈' 코너에 첫 번째로 필요한 꿈은 '완치 꿈'이에요. 달러구트 님이 꿈 제작자를 만나 암 환자가 완치된 미래의 모습을 확인할 수 있는 꿈을 만들어달라고 의뢰하면 어떨까요? 암 환자가 완치에 이르는 길은 길고 지루해요. 그 길은 울퉁불퉁하고, 장애물도 있어요. 자라 보고 놀란 가슴 솥뚜껑 보고 놀란다고 암 환자는 몸의 작은 변화에도 소스라치게 놀랍니다. 3~6개월마다 검진을 하고 결과를 기다릴 땐 바들바들 떨어야 합니다. 이런 길을 갈 때 완치 후 자신의 모습을 꿈에서 볼 수 있다면 얼마나 힘이 될까요? 항암치료 중 부작용이 너무 심해 치료를 중단하고 싶은 환자가 꿈에서 자신이 마침내 도달할 그 모습을 본다면 위기를 좀 더 쉽게 넘길 수 있지 않을까요?

두 번째로 제가 제안하고 싶은 꿈은 암 치료를 하는 의사들을 위한 맞춤 제작 꿈입니다. '역지사지몽'이라고 이름을 붙이면 좋겠어요. 이 꿈은 암 치료를 하는 의사들이 자신의 환자와 꿈에서 역할을 바꿔보는 꿈입니다. 그런 악몽을 누가 꾸고 싶겠느냐고요? 저는 이런 꿈이 출시된다면, 모든 의과대학에서 구매할 것이라고 생각해요. 꿈에서라도 암 환자가 겪는 육체적, 심리적 고통을 본인이 직접 경험해본다면, 환자에게 함부로 말하거나 불친절한 의사는 확 줄어들 테니까요.

저도 의사의 말 한마디에 불면증에 시달리고 예민해진 경험이 있습니다. 암 수술을 끝내고 종양내과를 방문했어요. "수술 잘 끝냈으니 호르몬 치료제인 타목시펜을 날마다 드시고, 한 달에 한 번 난소 기능을 억제하는 졸라덱스 주사를 맞으셔야 합니다." 의사는 이렇게 말했죠. 그런데 저는 호르몬 약도 먹는데 굳이 주사까지 맞아야 할까 하는 생각이 들었어요. 통상적으로 항암에 전절제술을 하면 방사선치료는 안 해요. 그런데 저는 방사선치료도 하라고 했거든요. 항암-수술-방사선 무엇 하나 빼놓지 않고 다 하는 제 몸에 약도 먹고 주사까지 맞아야 한다니…. 애원하는 듯한 목소리로 의사에게 "주사는 안 맞으면 안 되나요?"라고 물었죠. 그 순간 의사는 얼굴이 굳어지더니 차가운 목소리로 이렇게 말했어요. "환자분은 3기예요. 수술할 수 없는 상황이었는데 항암을 통해 수술 가능하게 만들어 수술하셨어요. 타목시펜도 먹고 졸라덱스도 맞으셔야 해요. 안 하시면 10명 중 7명은 재발됩니다. 그래도 괜찮으세요?" "10명 중 7명은 재발"이라는 말을 듣는 순간, 제 심장은 얼어붙었습니다. 암 환자에게 가장 큰 공포는 재발과 전이입니다. 그런데 그 수치를 들으니 제 눈앞이 캄캄해지더라고요. 제 이성이 온전히 작동했다면, 저는 그 자리에서 의사에게 물었어야 합니다. 그 데이터는 어떤 연구에서 나왔는지, 또 주사를 장기적으로 맞았을 때 부작용은 없는지 등을 말이죠. 그런데 의사의 신경질적이고 바쁜 듯한 태도,

'10명 중 7명 재발'이라는 수치에 압도돼 아무 말도 하지 못하고 "주사 맞을게요"하고 진료실에서 나왔습니다. 그날 이후 '70퍼센트 재발'이라는 말이 저의 목을 조여왔습니다. 잠이 안 오더라고요. 아무리 관련 논문과 책을 뒤져봐도 그런 수치는 나오지 않았어요. 타목시펜 단독 요법과 타목시펜과 난소억제 주사 5년 병행요법을 비교한 무작위 다국적 다기관 임상시험에서 8년간 각 환자군의 재발률을 분석했을 때, 타목시펜 단독군에서 78.9퍼센트, 타목시펜 +난소억제 주사군에서 83.2퍼센트 무병 생존율을 보인다는 데이터는 있었습니다. 병원을 다시 찾아 의사에게 따져 물을까 고민하다 관뒀습니다. 앞으로 선생님을 계속 만나야 하는데, 도움이 될 것 같지 않았어요.

《암에 걸렸다는데, 저는 건강히 잘 살고 있습니다》(호사카 다카시, 이마부치 게이코, 비타북스, 2017)라는 책을 쓴 일본 작가 이마부치 게이코는 2014년 염증성 유방암이 간 주변으로 전이되어 4기 판정을 받습니다. 그런데 대학병원에서 만난 첫 의사는 이마부치 씨에게 "수술은 기본적으로 불가능합니다. 항암제도 곧 듣지 않을 겁니다. 움직일 수 있는 동안에 완화 케어를 할 수 있는 병원을 알아보세요"

라고 말했어요. 그 의사는 컴퓨터 화면에서 눈을 떼지 않은 채 환자와 얘기했고, 치료법에 대해 환자가 물어도 자세한 대답을 해주지 않았지요. 의사와 소통이 잘 되지 않는다고 생각한 이마부치 씨는 병원을 바꿨는데요. 새로 만난 의사는 이렇게 말했습니다. "완치는 바랄 수 없지만 시도해볼 수 있는 방법은 많습니다. 가능한 고통이 적은 방법으로 삶의 질을 길게 유지하는 것을 목표로 삼죠." 이마부치 씨는 그제야 치료를 받을 용기를 냈다고 해요. 두 의사는 내용상 비슷한 말을 한 것이지만, 어떤 방식으로 어떤 태도로 전달하느냐에 따라 환자는 천지차이로 느끼는 것이죠. 그만큼 의사의 말 한 마디로 환자는 죽고 삽니다. '역지사지몽'의 필요성 절감하시겠죠?

암 환자는 대체로 불면증에 시달리는 경우가 많아요. 차에 타 마실 수 있는 '진정 시럽'과 '숙면용 사탕'은 필수입니다. '심신안정용 쿠키'도 좋아할 겁니다. 삶에 대한 자신감을 높이는 '자신감 충전 소스'도 개발해 채소에 듬뿍 뿌려 먹으면 좋겠어요.

《달러구트 꿈 백화점》을 접하고 전 이런 싱거운 생각도 해봤어요. '암 진단받고 항암치료 받고 병가 중이라는 이

모든 게 꿈이라면? 이 꿈에서 깨어나면 암 진단 전의 삶으로 돌아갈 수 있다면?'

앗! 왠지 달러구트 님이 제게 한마디 하실 것 같아요. "늘 중요한 건 현실이고, 현실을 침범하지 않는 적당한 꿈이 좋다"라고요. 맞아요. 저도 그 생각에 동의해요. 저는 이미 암 경험자이고, 받아들이고 잘 치료받아야죠. 올 한해 무탈하시고, '암&꿈' 코너 제안에 대한 답 꼭 들려주세요.

시간

"엄마, 나는 지금도 이렇게 시간이 흘러가고 있다고 생각하면 그게 너무 슬퍼."

딸이 말했다. 중학교 2학년에 올라가는 민지는 잠자기 전에 엄마와 나누는 대화를 좋아한다. 야간 근무를 하는 남편은 따로 자고, 아들은 할머니와 함께, 민지는 나와 함께 잔다. 이날도 불을 끄고 민지와 이야기를 나누다 시간에 대한 이야기로까지 소재가 확장됐다. "슬프다고? 시간이 흘러가는데 왜 슬퍼?" 내가 물었다. 그런데 아이가 갑자기 울먹인다. 고개를 돌려 아이를 보니 아이 눈에서 또

르르 눈물이 흘러내리고 있었다. 난데없다는 생각이 들었지만, 말없이 딸을 안아주고 등을 토닥토닥해주었다. 미래에 대한 걱정과 불안이 많은 딸이 공부나 입시, 진로 걱정을 하나 싶었다. "시간이 흘러가면 왜 슬플까…. 지금이 너무 좋아서 그러는 건가? 시간이 정지했으면 하는, 아니면 시간이 흐른 뒤의 미래가 걱정되는 건가? 음, 엄마는 그 이유가 궁금하네…." 한참을 울먹이다 딸이 입을 연다. "엄마가 나보다 더 나이가 많잖아. 그러면 엄마가 나보다 더 먼저 죽는 거잖아. 나는 엄마가 좋아질수록 엄마가 나보다 더 먼저 죽을 수 있다고 생각하면 너무 슬퍼. 그러면 갑자기 눈물이 나와."

그 말을 듣는 순간, 내 마음도 울컥하며 내 눈물샘에서도 눈물이 주르륵 흘렀다. '그 무섭다는 중2 올라가는 딸에게 느닷없는 이런 사랑 고백을 받다니. 나는 너무 행복한 사람 아닌가.'

딸이 엄마를 얼마나 좋아하는지, 또 엄마와 얼마나 함께 있고 싶어 하는지, 또 이런 생각을 하고 있는 딸이 엄마가 암을 진단받았을 때 충격이 얼마나 컸을지 등등 여러 생각이 스치면서 가슴속에 뭔지 모를 감정이 벅차올랐다.

이날 나는 내가 아이들을 훨씬 더 좋아하고 사랑하는 줄 알았는데, 어쩌면 아이들이 나를 더 좋아하고 사랑하고 의지하고 있을지도 모르겠다는 생각을 했다. 이 아이들 곁에 내가 단단하게 서 있어야 한다고, 가슴 저 밑바닥에서 아이들에 대한 강한 책임감이 느껴졌다.

딸을 꼭 안아주면서 이 예쁜 마음을 가진 딸에게 무엇을 얘기해줄까 생각했다. 삶과 죽음 그리고 어떻게 살아야 하는지에 대한 이야기, 또 사후 세계에 대한 내 생각 등을 얘기할 수 있겠다는 생각을 했다. 한참을 안아주고 나는 아이에게 이렇게 말했다.

"엄마가 언젠가는 죽을 수도 있다는 생각에 슬프구나. 맞아. 죽음에 대해 생각하면 두렵기도 하고 무섭기도 하고 이별하니까 슬프지. 엄마도 외할머니가 돌아가신다고 생각하면 그저 눈물만 나와. 그래서 엄마도 민지의 그 마음이 어떤 것인지 알아. 엄마는 40대니까 엄마랑 민지랑 함께할 수 있는 시간은 그래도 많아. 그런데 외할머니는 60대이시고 엄마가 외할머니랑 함께할 수 있는 시간은 더 짧아. 그래서 엄마는 할머니한테 더 잘해드리고 싶고 할머니랑 더 좋은 시간 보내고 싶고 그래. 그런데 우리 민지는 벌써 그런 생각 하다니 정말 많이 컸다.

그런데 민지야. 엄마 진짜 건강 관리 잘해서 우리 민지 곁에 오래오래 있을 거야. 그러니까 너무 걱정하지 마. 그리고 죽음을 생각한다면, 그래서 지금이 더 소중한 거야. 사람은 누구나 이 세상에 태어나 언젠가는 죽잖아. 죽음을 생각하면 우리가 함께할 시간이 얼마나 소중한지, 또 시간이라는 자원이 얼마나 한정된 것인지 알 수 있지. 그래서 살아 있을 때 더 좋은 시간을 많이 만들어야 하는 것 같아. 그리고 엄마는 예전에는 죽어버리면 이 삶이 끝난다고 생각했는데 지금은 아니야. 엄마는 영적 세계를 믿어. 그래서 엄마가 죽더라도 엄마의 영은 항상 민지를 지킬 거야. 옆에서 잔소리도 할 것이고. 드라마 〈고스트 닥터〉 봤지? 엄마는 고스트 맘이 되는 거지. 크크."

딸은 가만히 내 이야기를 듣다 '고스트 맘' 발언에 웃음보가 터졌다. 사춘기에 접어든 뒤 무엇이든 논리적으로 따지고 드는 딸은 '영적 세계'는 과학적으로 입증이 안 된다고 반론을 펼쳤다. 나는 세상의 모든 것이 꼭 과학적으로 입증되는 것은 아니며, 영적 세계는 믿음이지 과학적으로 입증해야 하는 것은 아니라고 말했다. 인간은 신체와 정

신, 영으로 구성돼 있고, 영적 세계는 보이지 않지만 사후
엔 또 다른 차원의 세계에서 영으로서 살아갈 것이라고 믿
고 싶다고 말했다. 딸은 "우리가 감정을 느끼는 것도 뇌의
작용이 있기 때문인데 죽으면 뇌가 작동하지 않기 때문에
감정도 못 느끼고 영이라는 것도 없다고 생각한다"고 주장
했다. 그래서 나는 '믿음'이란 입증이 돼 믿는 것이 아니라
그냥 믿는 것이라고 말했고, 엄마는 안양천을 걸으며 자연
을 볼 때 그런 영적 세계를 느낀다고 말해주었다. 민지와
나는 합의점을 찾지 못했고, 딸은 이런 이야기를 하다 잠
들었다.

나의 암 진단은 우리 가족에게 큰 위기였다. 그런데 이
위기를 통해 우리 가족 관계는 많이 달라지고 재조정됐다.
가족 간의 관계는 더 깊어졌고, 좋은 방향으로 조금 더 명
료해진 듯하다.

빚을 갚기 위해, 또 딸에게 경제적 지원을 하기 위해 돈
을 버느라 항상 바빴던 친정엄마는 내 투병 생활 때문에
강제로 나와 살게 됐다. 사업도 접고 많은 돈을 포기하게
됐지만, 대신 딸과 손주들과 시간을 함께 보내고 있다. 아

마도 내 병이 아니었다면, 친정엄마는 돈만 열심히 벌다가 돌아가셨을지도 모르겠다. 암 덕분에 어머니와 함께 살게 된 나는 엄마가 해주는 밥을 먹고 엄마와 함께 마주 보고 커피 한잔을 하며 도란도란 대화를 나누는 그 시간이 너무 행복하다. 어린 시절 엄마의 부재로 상처받고 엄마와의 시간을 그리워했던 내 마음속 어린 자아가 이 시간들을 통해 치유 받지 않았을까 생각해 본다.

강사였던 남편은 내가 병가를 내고 쉬게 되자 '투잡'을 뛰게 됐다. 이전에 남편은 대학에서 강의하면서 가사와 양육을 했다. 나는 아이들도 많이 컸고 나와 친정어머니가 집에 있으니 남편에게 경제적 역할을 해달라고 요청했다. 암 진단 뒤에야 비로소 알게 된 건, 그동안 나와 친정엄마가 우리 집 경제에 대한 책임을 과도하게 짊어지고 있었다는 점이다. 아빠가 없었던 나의 어린 시절에 대한 트라우마로 나는 남편이 아버지로서 아이들 곁에 있어 주고 요리해주는 등의 역할만 해도 만족했고, 남편의 경제적 역할에 대해 진지하게 논의하지 않았다. 그러나 암 진단 후로는 조금 더 솔직하게 내 마음을 남편에게 드러내고, 결혼 생활에서 내가 필요로 하는 것이 무엇인지 이야기할 수 있게 됐다.

두 아이와 나는 암 진단 전보다 많은 시간을 함께 보내고 깊은 관계를 맺고 있다. 아이들이 부모에게 가진 불만이 무엇인지, 또 무엇을 원하는지 등을 상세하게 알게 됐다. 다이어리에 '민지 탐구일지', '민규 탐구일지'를 쓰면서 아이들에 대해 탐구하는 시간이 늘었는데, 아이들의 장단점을 파악하는 데 많은 도움이 되었다.

주변 환우들 얘기를 들어보면 암 진단 뒤 가족 관계뿐만 아니라 주변 사람들과의 관계도 변화하고 재편된다고 한다. 한마디로 가짜 친구, 진짜 친구를 구별할 수 있는 계기가 된다는 것. 내가 아플 때 진정으로 함께 슬퍼하고 도움을 주는 친구가 있는가 하면, 자주 연락했다가 암 진단 소식 뒤 연락이 뜸해지는 친구도 있다. 또 이런저런 걱정을 하는 것처럼 이야기는 하지만 경솔하게 툭툭 내뱉는 말로 상처를 주는 친구도 있다. 심지어 어떤 환우는 암 진단 보험금을 빌려달라고 한 친구도 있었다고 하니, 암이라는 시련이 진짜 친구와 가짜 친구를 분별할 수 있는 기회임은 틀림없다.

행복은 통장 잔고순도 아니고, 학벌이나 권력, 명예순도 아니다. 많은 심리학자는 '행복은 (좋은) 관계순'이라고 말한다. 암이라는 위기가 없었다면 나는 내가 맺어오던 관계 방식을 그대로 유지했을 가능성이 크다. 물론 현재의 관계 역시 끊임없이 변화하고 재편되겠지만, 이렇게 인생의 어느 길목에 멈춰 서서 한 번쯤 자신의 관계를 탈탈탈 털어 괜찮은 관계인지 성찰해보고 재정비해보는 일은 자신의 행복을 위해 누구에게나 필요하다.

나만의 루틴으로 나를 돌보기

항암-수술-방사선치료를 마치고 맞이한 2021년 새해
는 보물 같았다. 살아있다는 것만으로도 감사했고, '지금
여기'의 한순간 한순간을 소중하게 생각하며 한 해를 시작
했다. 큰 고통을 겪고 맞이하는 평범한 일상은 얼마나 달
콤하던지. 파랗고 맑은 하늘, 봄에 윤슬이 반짝이는 강물
에서 숭어가 펄떡이던 순간, 바람에 흔들리는 나무들을 바
라보면서도 나는 감동하고 행복감을 느꼈다. 항상 걸었던
길이었는데, 그토록 온전하고 충만한 느낌은 처음 받았던
것 같다.

2021년에는 반드시 지킬 목표로 더도 말고 덜도 말고 딱 두 가지만 세웠다. '몸을 많이 움직이고 일주일에 다섯 번 이상 운동하기'와 '일주일에 한 권 이상 책 읽기(건강서 포함)'. 연말에 한 해를 돌아보니 나와의 약속을 충실하게 지켰다. 복원 수술 직후와 컨디션이 안 좋은 날을 제외하고는 운동을 꾸준히 했고, 1년 동안 책도 50여 권 읽었다. 이제 운동은 나의 '루틴'이 되었고, 어쩌다 운동을 하지 않은 날이면 몸이 찌뿌둥해 방에서라도 제자리 걷기를 하고 잠을 청하곤 한다.

2022년, 2자가 세 번이나 들어가는 해인데 내게는 항암 뒤 2년째에 돌입하는 해다. 주변 암 환우들의 이야기를 들어보면, 항암 끝나고 2~3년이 예후 관리에 있어 매우 중요한 해라고 한다. 항암 뒤 첫해는 누구나 식단 관리부터 운동, 스트레스 관리까지 열심히 한다. 그러나 인간은 망각의 동물이라 2년째에 들어서면 상황이 달라진단다. 어느새 자신이 암 환자라는 사실을 잊고 조금씩 기존의 잘못된 습관으로 돌아간다는 것이다.

2019년 2월 유방암 3기 판정을 받았고 선항암 뒤 완전 관해까지 되었지만 1년 검진에서 뇌전이 판정을 받은 4기

암 환우 유튜버 '콩튜브'는 자신의 영상에서 1~3기 환자들에게 이렇게 당부한다.

많은 환자가 항암이나 수술을 하고 몸에서 느낄 정도로 암이 몸에서 사라진다는 느낌이 들면 다시 원래대로 돌아가요. 표준치료 끝나고 나면 불과 몇 개월 전만 해도 암 환자였으면서 다 나은 것 마냥 슬슬 배달 음식도 먹게 돼요. 배달 음식 먹을 때 웃긴 게 처음에는 '기름에 튀긴 것만 안 먹으면 됐지'라는 생각에 '보쌈은 삶은 거니까, 김치랑 함께 먹는 거니까'라며 먹고, 그러다가 '피자도 튀긴 건 아니잖아' 하고 먹게 되다가 나중에는 치킨과 탕수육을 먹고 있는 저를 발견하게 돼요. 라면이 먹고 싶어서 처음에는 튀기지 않은 건면을 먹다가 나중에는 라면을 먹고요. 어느 순간 보니까, 외식도 자주하고 이렇게 돌아가고 있더라고요. (중략) 1~3기 환우 분들 처음 암 선고를 받았을 때의 마음을 절대 잊지 마시고, 식단 관리 건강 관리 철저하게 하셨으면 좋겠어요. 저는 완전관해라는 얘기를 들었는데, 1년 만에 뇌 전이가 됐잖아요. '설마 내가'라는 안일한 생각은 안 하셨으면 좋겠어요.

이 영상을 보며 최근 건강 관리에 있어 약간 느슨해진 내 모습을 돌아보게 됐다. 아이들이 먹고 싶다는 치킨이나 피자를 주문해 딱 하나만 맛본다며 손을 댔다가 어느새 '오늘만 먹어야지'라며 먹던 나, 몸이 피곤한데도 잠이 안 온다는 이유로 밤늦게까지 스마트폰을 보거나 텔레비전 앞에 있던 나, 오늘은 날씨가 너무 추우니 운동은 내일 하겠다고 슬며시 운동을 미루고 싶어 했던 나, 사소한 일에도 신경을 쓰고 몸에 조금만 이상이 있어도 벌벌 떠는 나… 이런 하루하루가 쌓여 몸의 DNA가 손상되고 면역력이 떨어지게 된다. 우리 몸은 60조 개에 달하는 세포로 이루어져 있고, 암 환자가 아니라도 누구나 사람의 몸에서는 하루에 '암의 싹'이 5000개 정도 발생한다고 한다. 면역 기능이 제대로 발휘돼야 이런 암세포가 제거된다. 그런데 몸 상태가 호전되자 나도 모르게 마음의 고삐가 조금씩 풀리고 있었다. 그러던 차, 며칠 전 동네 유방외과에서 유방과 갑상선 초음파검사를 하고, 국민건강보험 암검진 사업을 통해 위 내시경과 간암 초음파, 자궁경부암 검사를 했다. 다행히도 유방은 깨끗했지만, 갑상선에서 결절 두 개가 발견됐고, 위에서도 물혹이 하나 발견돼 조직검사를 시행했다.

갑상선은 목 한가운데 앞으로 튀어나온 물렁뼈 아래 나비 모양으로 기관지를 감싸고 있는 기관으로 뇌하수체에서 분비되는 갑상선 자극 호르몬의 신호를 받아 갑상선 호르몬을 만들고 분비시키는 기능을 한다. 갑상선 호르몬은 세포 안으로 들어가 에너지를 공급하고, 우리 몸의 체온을 올리거나 기초대사율을 올리는 역할을 한다. 그런데 이 갑상선의 일부분이 커져 혹이 되면 갑상선 결절이라고 하는데, 내 갑상선에서도 결절이 발견된 것이다. 결절은 성인의 4~7퍼센트에게 발생할 정도로 흔하다. 모양만 괜찮다면 큰 걱정을 안 해도 된다. 내 경우 하나는 모양이 괜찮은데, 다른 하나가 0.6밀리미터의 크기지만 모양이 좋지 않다고 했다.

의사는 '1센티미터 이하 결절이라 세침검사를 하기엔 작다'며 '6개월 뒤에 크기가 커진다면 갑상선암일 수도 있으니 꼭 추적검사를 해야 한다'고 말했다. 암 진단 경험이 있다 보니 이런 이야기만 들어도 가슴이 '쿵' 내려앉으며 상당한 스트레스를 받았다. 갑상선 결절이 악성인지 양성일지, 크기가 커질지 작아질지도 모르는데, 지레 겁먹었다.

암 환우가 느끼는 이런 불안은 당연하지만, 지나치면 오히려 건강에 부정적이다. 스트레스가 만병의 근원이라는 말이 있듯이, 불안한 감정으로 인해 몸의 자율신경 시스템이 깨질 수 있고, 이것이 또 면역력 저하의 원인이 된다.

이런 불안감을 이겨내기 위해서 내가 가장 중요하게 생각하는 것은 '나만의 루틴 실천'이다. 매일 정해진 시간에 일정한 일을 반복적으로 하는 '루틴'은 외부적 요소에 수시로 흔들리는 나를 안정시켜주는 버팀목이 되어주기 때문이다. 나는 아침에 일어나자마자 이불을 개고, 죽염수로 입을 헹구고, 따뜻한 물 한 잔과 유산균을 먹는다. 하루에 샐러드 두 접시는 반드시 챙겨 먹고, 하루에 1시간 정도는 걷는다. 저녁에 자기 전에는 하루를 마감하는 '세 줄 일기'를 쓴다. 나는 매일 하는 이 '루틴'이 내 몸과 마음 건강을 지켜주는 수호신이라고 생각한다.

2022년에도 거창한 목표를 세우기보다 암 진단 처음 받았을 때의 초심을 잃지 않고, 나만의 루틴을 잘 실천하겠다는 소박한 목표를 세워본다. 독자 분들도 '나만의 루틴'으로 몸과 마음 건강 잘 지키시길!

일본에서 면역과 신경 분야에서 20여 년 동안 연구를 진행해온 의사 고바야시 히로유키가 쓴 책《하루 세 줄, 마음 정리법》(지식공간, 2015)을 보면, 건강에 있어 자율 신경의 균형이 중요한데 자율신경을 리셋하는 가장 좋은 방법으로 하루 세 줄 일기를 쓸 것을 권한다. 세 줄 일기는 이렇게 쓰면 된다.

1. 오늘 가장 안 좋았던 일
▷ 오늘 가장 안 좋았던 일에는 컨디션이 좋지 않았던 일이나 기분 나빴던 일, 싫었던 일 등을 쓴다.

2. 오늘 가장 좋았던 일
▷ 오늘 가장 좋았던 일에는 기뻤던 일, 감동했던 일을 쓴다.

3. 내일의 목표
▷ 내일의 목표에는 지금 가장 관심 가는 일, 중요한 일을 쓴다.

이 세 줄 일기를 쓸 때 제시한 지침이 있는데 다음과 같다.

▷ 잠자기 전, 혼자 책상 앞에 앉으세요.

▷ 날짜와 요일은 반드시 기입해야 합니다.

▷ 주제는 1-2-3의 순서대로 써야 합니다.

▷ 글자 수에 제한은 없지만, 되도록 간결하게 쓰세요.

▷ 반드시 손 글씨로, 천천히, 정성스럽게 쓰세요.

나의

─────────────────▶

암 환우 독자들에게

🔲____

"저도 40대 초반에 대장암 판정받아 수술받고 항암 치료
했고, 이제는 오십 줄에 들어섰습니다. 수술한 날 오밤중
에 입원실로 다시 올라와 비몽사몽간에 심호흡했던 기억
은 아직도 선명합니다. 나도 모르게 잠은 쏟아지고, (심호
흡) 안 하면 폐 망가진다고 했던 간호사의 말이 문득문득
생각나는 와중에 남편이 '잠 깨. 일어나. 정신 차리고 숨
들이마시고 내뱉어'라고 하여 반사적으로 깨서 호흡을 했
었지요. (중략) 환자와 보호자, 의료진 모두 긴박하게 움직

였던 순간들이었고, 그렇게 지킨 내 생명 정말 준엄하고 엄숙한 것입니다. 허튼짓 말고 사회에 도움이 되는 사람으로 살아가야겠지요. 대배우 김혜자 님이 무슨 상 타는 무대에서 내레이션 해주셨던 대사 '오늘을 살아가세요. 눈이 부시게'라는 말, 죽다 살아나 보니 참 가슴에 와닿더랬습니다. 막막한 환자들에게 실제적 도움이 되는 글, 경험담 앞으로도 많이 올려주시길 바랍니다."

-50대 박 아무개 씨

"제 얘기를 대신 써주신 것 같아 단숨에 글을 읽고 처음으로 기자님께 메일을 보냅니다. 용인에 사는 저도 40대 중후반 암 진단자입니다. 그동안 '경단녀(경력 단절 여성)'였다가, 비록 기간제였지만 안정적인 곳에 취직해 재밌게 일하고 있던 석 달째, 자궁내막암이라는 청천벽력같은 암 진단을 받았죠. 눈물 또르륵. (중략) 사고로 갑자기 돌아가신 엄마 때문일까? 사춘기 딸아이 때문일까? 스트레스 때문일까? 고기를 좋아하지도 않고, 뚱뚱하지도 않고, 가족 이력도 없고…. 처음엔 여기저기서 이유를 찾으려 했지만, 부질없는 시간 낭비였어요. 그냥 열심히 착하게 살아온 거밖에 없다는 결론이었네요. 그리고 감사할 거리를 찾자고 방향 전환을 했네요. 초기 발견이라서 다행이고, 좋은 선생님 만나서 다행이고, 재미나게 일을 해서 다행이고, 좋은 분들 만난 게 다행이고, 사춘기 아이지만 함께해서 다행이고…. 감사거리가 넘치더라고요. 전 10월 초에 자궁, 난소, 임파선까지 적출하고 지금은 하루에도 몇 번씩 산책하며 지내는 게 일상이 되었네요. 온라인이든 오프라인이든 같은 암 환우를 너무나 격하게 공감이 되고 그냥 한번 안아주고 싶고 그래요. 우리 힘내며 잘 이겨내 보아요!!"

-용인 맘

2020년 12월부터 2022년 3월까지 〈한겨레〉 토요판에 '양선아의 암&앎'을 연재하면서 수많은 메일을 받았습니다. 저마다의 사연을 담은 그 메일을 읽다 보면, 암 진단으로 죽음의 문턱까지 다녀온 이들이 자신에게 다시 주어진 인생을 얼마나 소중하게 생각하는지 알 수 있었습니다. 또 그들은 제가 암 진단과 수술, 치료 과정에서 겪은 어려움과 고통에 함께 아파해주었고 뜨거운 응원의 마음도 보내주었습니다.

암 환우들은 특히 제 이야기가 마치 '나의 이야기'인 것만 같아 눈물을 흘리며 읽었다고 말했습니다. 암 환자라고 하면 그저 중증 환자 정도로만 여겨지는데, 암 환자가 겪는 신체적·심리적 변화를 자세하게 풀어내고 또 조금씩 다시 평범한 일상을 찾아가는 모습도 보여주니 이해받는 듯한 느낌을 받았다고 했습니다. 20여 년 전 암 치료를 받은 적 있다는 한 기자는 '암 진단을 받고 억울하고 화가 많이 났고, 그저 현실을 외면하고 싶은 마음뿐'이었는데 '만약 수술 전후에 '양선아의 암&앎' 같은 글을 읽었더라면 훨씬 덜 무섭고 덜 외로웠을 것'이라고, '좀 더 담담하게 스스로를 마주볼 수 있었을 것 같다'며 제게 글을 쓸 동기 부여를 팍팍 해주었지요.

　'한때 암 진단을 받았고 완치한 뒤 건강하게 살아가고 있다'며 용기를 주는 이들의 메일은 또 얼마나 든든하던 지요. 실제로 2019년 국가암등록통계를 보면, 2015년부터 2019년까지 최근 5년간 새로이 진단받은 암 환자의 5년 상대생존율은 70.7퍼센트에 달합니다. 1995년 암 5년 상대 생존율이 41.2퍼센트였던 것에 비하면 많이 높아졌지요. 5년 상대생존율이란, 치료를 시작해 5년이 지난 시점에 살아있을 확률을 암이 없는 사람들의 생존율과 비교한 개념인데요. 생각해보면 암에 걸리지 않은 사람들도 다른 질병 또는 교통사고 등으로 언제든지 아플 수 있고 죽을 수 있습니다. 죽음은 그렇게 늘 우리 가까이에 있는데, 암에 걸렸다고 하면 죽음과 더 가깝다고 생각하는 분들이 여전히 많은 것 같아요. 과거보다는 진단 및 의학 기술이 발전했고 상대생존율도 높아지고 있으니, 암에 걸렸다고 지나치게 겁내고 두려워하기보다는 전문가와 잘 상의해 자신의 병에 대해 공부하면서 치료에 임할 필요가 있습니다. 무엇보다 자신의 잘못된 생활습관을 교정하고 올바른 습관을 형성해가는 것이 최선인 것 같습니다. 저는 ①채소 충분히 먹기 ②설탕이나 백미 같은 당 섭취 줄이기 ③밀가루 음식 최소화하기 ④수면의 질 높이기 ⑤스트레스 그때그때 풀기 ⑥걷기 등 날마다 운동하기 등 '내 몸과 마음 잘 살피기'를 중요시하고 있습니다.

대학에서 내분비대사 내과 질환을 본다는 한 내과 교수는 '투병기의 진솔한 내용과 감정의 흐름을 읽으며 환자를 보는 나 자신을 되돌아보게 된다'고 말씀해주셨습니다. 의사의 말 한마디 한마디가 환자에게 큰 영향을 주고, 같은 내용이라도 의사가 어떻게 전달하느냐에 따라 환자의 마음은 죽거나 살아날 수 있다는 사실을 의료진이 알아주었으면 하는 바람입니다.

가슴 아픈 사연도 있었습니다. 2021년 5월, 서른 살이 된 아들이 위암 말기 진단을 받고 투병하다 하늘나라로 갔다는 최 아무개 씨는 '아들이 취직이 안 돼 몇 년을 고생하다가 2019년 공무원 시험에 합격하고 발령을 받았는데 3개월을 채 근무 못하고 암 진단을 받았다'고 전했습니다. 암 진단을 받기 전, 최 씨의 아들은 속이 쓰리고 식욕이 떨어져 내과에 다녔음에도 병의 차도가 나아지지 않았는데, 엄마가 내시경을 해보거나 다른 병원을 가보자고 해도 아들은 대수롭지 않게 생각하고 넘겼다고 합니다. 암을 발견했을 때는 이미 복막을 비롯한 여러 장기로 전이된 상태였고 기대수명이 3개월이었다고 합니다. 최 씨는 "젊은 사람들이 자신의 건강을 과신하지 말고 한 병원을 2주 이상 다녀도 병이 잘 낫지 않으면 정밀 검사를 받아보고 큰 병원을 가봐야 한다고 꼭 써달라"고 당부하셨습니다.

메일이나 댓글을 통해 소통을 하다가 아예 독자와 만

나서 함께 걷고 서로의 아픔과 슬픔을 나눈 경험도 있습니다. 남편이 위암 4기여서 고식적 항암(완치할 수 없을 때 암 진행 속도를 늦춰 생명을 연장하고 삶의 질을 높이는 치료)을 하던 중, 본인 역시 자궁과 난소에 문제가 생겨 수술을 해야 했던 분이었습니다. 암 환자를 돌봐야 하는데 본인 역시 건강상의 문제가 생긴 것이지요. 암 환자 앞에서 투정 한번 제대로 못하고 남편을 살리기 위해 최선을 다했던 그분은 돌봄 기간이 길어지면서 심신이 지쳐갔습니다. 그 분은 "MRI 기계 안에 갇혀있는 기분"이라며 '보호자를 위한 치유 프로그램도 절실하다'고 호소하셨지요.

2021년 7월 국회 '존엄한 삶을 위한 웰다잉 연구회'가 주최하고 암 치료 환경의 비효율 개선을 위한 비영리단체 '올캔코리아'가 주최한 '암 환자 심리상담 서비스 지원 토론회'에 제가 토론 패널로 참석한 적이 있습니다. 이 자리에서 저는 '현재 대학병원 암 치료 과정이 항암과 수술, 방사선, 재활 등에만 치중해 있고, 정신 및 심리 상태나 스트레스 정도에 대한 진단 및 치료 과정은 존재하지 않는' 상황을 토로하며 '기본적인 치료 프로토콜에 심리 및 스트레스 정도에 대한 검사 및 진단을 넣고, 심각한 정도에 따라

적절한 치료적 개입이 필요하다'고 강조했습니다. 심신통합적 접근이 필요하다고 주장한 것이지요.

2019년 12월 유방암 3기 진단을 받고 지난해 항암-수술-방사선 치료를 마친 양선아입니다. 한쪽 유방을 전부 잘라내 올해 6월 8일 유방 재건 수술을 마친 뒤 이 자리에 참석하게 됐습니다. (중략) 이은영 올캔코리아 위원이 발표한 자료를 보면, 암 환자 5명 중 4명은 암 진단 시 정신적, 심리적 충격이 가장 크다고 했고, 특히 타 연령 대비 40대에서 정신적, 심리적 충격이 더 큰 것으로 조사됐습니다. 암 경험자이자 40대인 제게 누군가가 지난 1년 6개월을 뒤돌아보며 가장 힘들었던 시기가 언제냐고 물어본다면, 진단받고 명확한 치료 계획이 잡히기 전까지의 그 시기라고 답할 것입니다. 대략 한 달 반 정도 되는데요. 조직검사부터 CT, MRI, PET 등 다양한 검사 자체도 힘들지만, 도대체 내 암의 크기가 어느 정도 되고 치료를 할 수 있는지 없는지 모를 때의 그 공포감은 경험해본 사람만이 알 것입니다.

그러나 그런 시기에 환자는 혼자 고립돼 있습니다. 병원에서는 검사와 진단과 화학적 치료 등에만 치중할 뿐 환우들의 심리적, 정서적 문제까지는 보살피지 않습니다. 그냥 각자도생해야 하는 것이죠. 저는 직업이 기자이기 때문에 불안과 공포심을 극복하기 위해 암 관련 책들을 찾아 읽었습니다. 주변 네트워크를 최대한 활용해 유방암을 극복하신 분들이나 의료전문기자를 찾아 조언을 듣고 심리적 안정감을 찾아갔습니다. 또 블로그를 열어 투병기를 쓰면서 다른 암 환우들과 경험을 공유하고 도움을 주고받았습니다. 그러나 저처럼 할 수 없는 분들이 많습니다. 당장 생계를 위해 일을 해야 하거나 정보에 대한 접근성, 네트워크 활용도가 낮은 분들도 많습니다. 암에 걸린 사실을 꽁꽁 숨기면서 그 힘든 항암 치료를 하며 직장에 다니시는 분들도 있습니다. 유은승 교수의 발제문에서 알 수 있듯, 여성일수록, 고령일수록, 교육·소득 수준이 낮을수록, 또 배우자가 없을수록 암 경험자의 삶의 질은 낮습니다. 따라서 암 환우들의 이러한 심리적 문제들을 해결하기 위한 제도적 지원은 반드시 필요하다고 생각합니다.

또 '우울증, 불면증, 각종 신체적 증상을 호소하는 환자에게 돌봄 노동을 하는 가족은 어디에도 어려움을 토로할 수 없다'며 '암 환우뿐만 아니라 암 환우를 돌보는 가족들에 대한 심리적 지원까지 제도 설계를 할 때 고려하면 좋겠다'라고도 말했지요. 이날 토론회에서는 지자체가 암 환자를 위한 심리상담 지원서비스사업을 신설해 수요자에게 바우처를 제공하는 방안(대국민에게 서비스를 지원하는 제도로, 서비스 이용자에게 현금이 아닌 이용권을 발급하여 서비스를 선택하도록 하는 지원사업)과 암치료병원과 보건소를 연계한 방안 등이 나오기도 했는데, 실제로 제도화가 될 수 있을지 주목됩니다.

투병기를 쓰면서 받은 다양한 피드백들을 이렇게 정리해보니 갑자기 이 시가 떠오릅니다.

우리는 서로가/ 꽃이고 기도다// 나 없을 때 너/ 보고 싶었지?/ 생각 많이 났지?// 나 아플 때 너/ 걱정됐지? 기도하고 싶었지?// 그건 나도 그래/ 우리는 서로가/ 기도이고 꽃이다

나태주 시인의 〈서로가 꽃〉(《꽃을 보듯 너를 본다》, 지혜,
2020)이라는 시인데요. 아플 때 걱정해주고 기도해주고 매
번 글 쓸 때마다 응원해준 독자들이 제게는 기도였고 꽃이
었습니다. 이 세상의 모든 암 환우와 암 환우를 돌보고 치
료하는 사람들을 뜨거운 마음으로 응원합니다. 우리는 서
로가 꽃이고 기도입니다. 감사합니다.

우리를 구원하는 것은 사랑

▶

2022년 2월 26일 에필로그를 쓰기 위해 컴퓨터 앞에 앉아있는데 포털에 뜬 뉴스 하나가 눈에 들어왔다. '시대의 지성 지다… 이어령 초대 문화부 장관 별세.'

2017년 암 진단을 받고 두 번의 수술을 했다는 그는 항암치료를 받는 대신 저서 집필을 하고 대담집 등을 통해 삶과 죽음에 대한 통찰과 사유를 전해왔다. 올해 초 한 인터뷰 기사를 보면, '받은 모든 것이 선물이었고, 탄생의 그 자리로 나는 돌아간다'라는 말씀에는 변함이 없냐는 기자의 질문에 노학자는 이렇게 대답한다.

"변함없습니다. 생은 선물이고 나는 컵의 빈 공간과 맞닿은 태초의 은하수로 돌아갑니다. 그러나 또 한 번 겸허히 고백하자면, 나는 살아있는 의식으로 죽음을 말했어요. 진짜 죽음은… 슬픔조차 인식할 수 없는 상태, 그래서 참 슬픈 거지요. 그 슬픔에 이르기 전에 전합니다. 여러분과 함께 별을 보며 즐거웠어요. 하늘의 별의 위치가 불가사의하게 질서정연하듯, 여러분의 마음의 별인 도덕률도 몸 안에서 그렇다는 걸 잊지 마세요. '인간이 선하다는 것'을 믿으세요. 그 마음을 나누어 가지며 여러분과 작별합니다."

죽음을 앞둔 노학자는 "마지막에 믿을 건 〈오징어 게임〉의 성기훈처럼 자기 안에 있는 휴머니티, 자기 안의 세계성, 자기 안의 영성"이라고 강조했다. 치킨게임(어느 한 쪽이 양보하지 않으면 결국 양쪽 모두 파국으로 치닫게 되는 극단적인 게임이론) 같은, 오징어 게임 같은 세상에서 그 휴머니티가 우리가 살아남는 길이고, 우리는 그런 생명 자본을 갖고 있다고.

별세 소식과 함께 그 인터뷰 기사를 다시 찾아 읽었다. 고인은 태초의 은하수로 돌아갔지만, 마지막으로 고인이 들려준 말의 힘은 얼마나 크던지.

암 진단을 받고 항암-수술-방사선치료를 하며 써온 글

을 쭉 다시 읽어본다. 암이라는 내게는 낯설었던 질병과 투병에 대한 탐구의 여정도 있지만, 갑작스럽게 맞닥뜨린 인생의 큰 고통과 시련 속에서 나와 함께 있던 사람들, 나를 사랑하고 응원해준 사람들이 더 눈에 들어왔다.

암을 진단받았을 때부터 지금까지 내 곁에서 사랑과 헌신으로 나를 돌보고 아낌없는 사랑을 주신 친정어머니, 묵묵하게 할 수 있는 일을 하며 나를 응원해주고 두 아이를 사랑해주는 남편, 내 아이가 되어줘서 그저 고맙고 오래오래 건강하게 곁에 있어주고 싶은 민지, 민규에게 이 자리를 빌려 다시 한번 고맙고 사랑한다고 말하고 싶다. 글을 쓰면 최초의 독자가 되어주고 힘들 때마다 언제든 내 이야기를 경청해주고 나의 가장 곱고 아름다운 부분을 발견해 휴머니티가 고갈되지 않도록 도와준 아리 선배에게도 고맙고 사랑한다고 말하고 싶다. 암 진단부터 치료의 모든 과정 내내 정확한 정보를 주고 불안한 마음을 탄탄한 의학 지식과 차분한 설명으로 다독여준 김양중 전 한겨레 의학 전문기자에게도 감사한 마음 가득하다. 또 암 진단부터 항암-수술-방사선치료를 프로페셔널하게 해준 암 전문의들

275

과 주사를 아프지 않게 놔준 간호사 등 병원 관계자들에게도 감사하다. 수술 후 회복을 위해 입원한 한방병원에서 만난 김지호 원장님은 내 몸 상태와 암에 대해 궁금한 것이 있을 때마다 상세하게 설명해주고 함께 고민해주셔서 든든한 힘이 되었다. 또 그림 그리기의 위안과 요가·명상의 힘을 내게 알려준 제인 선생님에게도 감사하다.

고등학교 시절부터 지금까지 기쁠 때나 슬플 때나 함께해준 경신여고 파이브 용사들(지은, 선미, 종인, 수연)과 투병하는 내내 신앙의 안내자가 되어주고 중보 기도를 해준 후배 정윤, 항암 차수에 맞춰 위트 넘치는 위로의 문자를 보내준 소민 선배, 북한산 자락을 함께 걷고 가위바위보의 추억을 안겨준 노경 선배와 베이비트리 할 때부터 지금까지 항상 조용하면서도 강력한 지지를 해준 정순 선배, 치료 과정을 하나씩 하나씩 통과할 때마다 잊지 않고 응원해준 은형 선배, 10년 전 내가 나에게 쓴 편지를 챙겨 건네주고 투병 자금까지 모금해준 후배 지선, 일할 때도 아플 때도 나를 굳게 믿어주고 뒤에서 묵묵히 나를 응원해준 동욱 선배, 아서 프랭크의 《아픈 몸을 살다》라는 책을 통해 병에 대한 나의 관점을 바꿔준 후배 윤희, 투병기를 써보자고 제안하고 나의 장점을 찾아 폭풍 칭찬해준 유진 선배까지 고맙고 감사한 사람들이 너무 많다.

이름을 다 밝히지는 못하지만 책을 좋아하는 나를 위해 책을 보내준 이들, 아름다운 꽃을 선사하고 과일과 떡 등 먹거리를 보내준 사람들, 직접 키운 무농약 상추와 깻잎을 챙겨 보내준 사람들, 내가 쓴 글을 읽고 심혈을 기울어 댓글을 달아주고 항상 나의 안부를 물어준 사람들, 함께 기도해주고 함께 아파해주고 울어주던 교회 사람들, 돌봄 노동을 하는 엄마를 위한 선물까지 챙겨준 이들과 유방암 관련 논문을 뒤져 참고하라며 보내주는 사람까지… 내 곁에는 어찌나 선하고 마음이 고운 사람들이 많던지. 또 진단받았을 때 병원에서 만난 환우, 유방암 카페에서 만나 정보를 나누며 함께 투병하고 있는 환우, 수술 병실과 요양병원에서 만난 환우 동지들은 이 장거리 마라톤 같은 투병 생활에서 내게 오아시스 같은 존재였다. 그들 덕분에 외롭지 않게 이 길을 걸어가고 있고, 암 완치 판정을 받아 그들과 함께 기쁨의 '완치 파티'를 열고 싶다. 매일 서로에게 걷기 인증을 하고 한 달에 한 번 함께 걷기 모임을 하고 있는 '정치하는엄마들' 자조 모임 '걷는 하마' 언니들에게도 감사의 인사를 전한다. 혼자 걷는 것과는 또 다른 함께 걷는 즐거움을 언니들 덕분에 알게 됐다.

투병의 여정 속에서 선한 마음을 가지고 친절을 베풀어주는 많은 사람들을 만났고, 그들 덕분에 지금의 내가 있다. 많은 사람에게 사랑과 친절을 받았으니, 앞으로 살아가면서 나 역시도 내가 받은 사랑과 친절을 다른 누군가에게 베풀며 살고 싶다.

누군가가 내게 당신이 좋아하는 세 가지를 말해보라고 한다면, 나는 바로 사람, 책, 걷기라고 말할 것이다. 이 세 가지는 내가 가장 힘들 때 나를 살렸고, 내가 땅에 발을 딛게 만들어줬다. 사람, 책, 걷기 이 세 가지를 앞으로의 내 인생에서도 놓지 않고 붙들고 살고 싶다.

이 책이 나올 수 있도록 지원해준 한국여성기자협회와 마감 시간이 지나도 즐겁게 글을 쓰는 게 중요하다고 말해주고 나를 이끌어준 편집자 윤주 씨에게도 감사의 인사를 전한다. 또 추천사를 부탁드렸을 때 흔쾌히 하겠다고 승낙해주시면서 승낙하는 답변마저도 내게 치유 그 자체였던 이명수 선생님께 감사하다. 마지막으로 이 책을 읽어준 모

278

든 독자에게도 진심으로 감사의 인사를 드리고 싶다.

코로나 확산과 경제적 불황, 우크라이나 전쟁을 둘러싸고 불안한 세계정세 속에서 오늘도 우리는 불안하고 힘든 하루하루를 보내고 있다. 이런 와중에 암 투병을 하고 있는 암 환우들은 더 지치고 불안할지도 모른다. 그러나 절망과 불안과 슬픔 등 부정적인 감정에서 우리를 구원하는 것은 사랑이라고 생각한다. 나를 사랑하고 타자를 사랑하는 그 사랑. 올해를 시작하면서 "많이 웃고 많이 사랑하자"라는 나만의 표어를 써서 마음에 새겼다. 어떤 순간에도 독자들이 많이 웃고 많이 사랑하기를 기도한다. 많이 웃고 많이 사랑하자!

끝장난 줄 알았는데
인생은   계속됐다

ⓒ 양선아, 2022

초판 1쇄 발행 2022년 4월 29일
초판 2쇄 발행 2022년 9월 13일

지은이 양선아
펴낸이 이상훈
편집인 김수영
본부장 정진항
편집1팀 이윤주 이연재 김진주
마케팅 김한성 조재성 박신영 김효진 김애린
사업지원 정혜진 엄세영
펴낸곳 (주)한겨레엔 www.hanibook.co.kr
등록 2006년 1월 4일 제313-2006-00003호
주소 서울시 마포구 창전로 70(신수동) 화수목빌딩 5층
전화 02-6383-1602~3 **팩스** 02-6383-1610
대표메일 book@hanien.co.kr

ISBN 979-11-6040-813-3 03810